Memórias do pierrô lunar
e outras histórias musicais

Celso Loureiro Chaves

Memórias do pierrô lunar

e outras histórias musicais

L&PM
EDITORES

Capa: Marco Cena
Revisão: Renato Deitos e Larissa Roso

CIP-BRASIL. CATALOGAÇÃO-NA-FONTE
SINDICATO NACIONAL DOS EDITORES DE LIVROS, RJ

C438m Chaves, Celso Loureiro, 1950-
Memórias do pierrô lunar e outras histórias musicais / Celso Loureiro Chaves. – Porto Alegre, RS : L&PM, 2006
200 p. : 21 cm

ISBN: 85-254-1621-5

1. Chaves, Celso Loureiro, 1950-. 2. Música- Crônica. I. Título.

CDD 869.98
CDU 821.134.3(81)-8

PORTO ALEGRE: Rua Comendador Coruja 314, loja 9 - 90220-180
Floresta - RS / Fone: 51.3225.5777
PEDIDOS & DEPTO. COMERCIAL: vendas@lpm.com.br
FALE CONOSCO: info@lpm.com.br
www.lpm.com.br

Impresso no Brasil
Primavera de 2006

Des yeux purs dans le bois
cherchent en pleurant la tête habitable.

René Char

Sumário

Introdução

Cada crônica deste livro é uma crônica de jornal à qual decidi dar um caráter mais duradouro, superando o caráter efêmero da imprensa diária. Coloquei as crônicas numa nova ordem, agrupei-as em seções, reescrevi onde cabia, em grande parte deixei o texto como estava. Todas foram escritas já neste século, sempre seguindo a orientação que recebi do meu editor no Caderno de Cultura do jornal *Zero Hora* de Porto Alegre: "Escreva sobre o que você quiser...". Foi o que fiz.

Na primeira seção, *Coisas de modernidades*, me ocupo de compositores que atuaram predominantemente na primeira metade do século passado e que ajudaram a definir modernidade em música. Duas preferências pessoais se revelam: Igor Stravinsky e Kurt Weill. Na segunda seção, *O passado recém-presente*, tomo de empréstimo um conceito da fenomenologia musical de Alfred Schutz e lanço um olhar sobre coisas mais recentes, compositores muitos deles ainda em atividade, obras estreadas há pouco tempo.

As preferências pessoais continuam em *Brasilidades*: a música do modernismo brasileiro, os compositores acadêmicos do Rio Grande do Sul e o Chico Buarque da unanimidade nacional. Já em *Jogo de duplas*, contraponho pares de incompatibilidades aparentes, como Nietzsche e Wagner, e duplas que conviveram mais serenamente, como o poeta Murilo Mendes e sua discoteca. A última seção, *Variações*, é exatamente isso: variações sem outro tema que não seja o desejo de "escrever o que quero", trazendo para o texto coisas vividas, observações feitas, inspirações de momento.

A única crônica escrita no século passado é *Memórias do pierrô lunar*, um primeiro ensaio autobiográfico, contando minhas experiências na primeira vez que atuei como pianista no *Pierrot lunaire* de Arnold Schoenberg, nos anos 1980. O *Pierrot lunaire* é um monumento para sempre e, tocando-o, tive a prova definitiva de que só conhecemos verdadeiramente uma obra musical quando a conhecemos por dentro. Só assim ela deixa de ser um objeto intangível para se tornar o que deve ser, uma realidade sonora e sensível, com suas próprias leis internas.

Na organização destas crônicas não obedeci a nenhum modelo externo, a não ser o que me foi indicado por aquilo mesmo que tenho escrito no correr dos anos. Pensando bem, talvez exista nestes textos um eco distante de Murilo Mendes em seu livro *Formação de discoteca*. Talvez, como ele, eu tenha tentado escrever com modéstia, objetividade, atualidade e sem nenhum paternalismo em relação ao leitor. Se o modelo parece grande demais, que seja. É a única sombra que reconheço nestas páginas.

Tenho agradecimentos a fazer e os deixei por último. A Eduardo Veras, meu editor no Caderno Cultura de *Zero Hora*, que me deu carta branca para escrever e assim libertou meu texto. A Fraga, ilustrador dos meus textos em jornal, que nunca deixou de me surpreender com a leitura reveladora que sempre fez do que escrevi. E aos três incentivadores maiores dessa transformação do efêmero no livro que aqui está: minha irmã Lúcia Loureiro Chaves Soldera e meus irmãos-em-música Antônio Carlos Borges Cunha e Ney Fialkow. Assim inicia *Memórias do pierrô lunar e outras histórias musicais.*

Celso Loureiro Chaves, setembro de 2006.

I

Coisas de modernidade

Revivendo escândalos

Tal qual uma piada bem apanhada que vale a pena repetir, assim são as historietas de estréias musicais que fizeram escândalo em sua época, sem que depois se soubesse bem por que teriam feito escândalo. Uma dessas estréias, notórias e famosas, petrificadas em ignomínia ou glorificadas no negativo do sucesso, é a de *A sagração da primavera* de Igor Stravinsky. Ainda uma vez, vale narrar a anedota, tratando de recuperar algum pormenor que a memória escondeu ou a conveniência ocultou. Corria o 29 de maio daquele ano de 1913, moderno, tecnológico, novidadeiro. Paris, Avenue Montaigne, número 15, Théatre des Champs-Elysées. Teatro impedido de instalar-se na avenida de mesmo nome pela ascendência judaica do proprietário, mas localizado a dois passos dali, em endereço igualmente elegante. Recém-inaugurado, aquele teatro de concreto armado já tinha sido ocupado pelo empresário Serguei Diaghilev e seus Balés Russos, preparando a estréia do novo Stravinsky com dois outros escândalos já um pouco mais conhecidos – o exercício masturbatório de Nijinsky no *Prelúdio à tarde de um fauno* de Debussy e o *ménage a trois* do mesmo coreógrafo e suas duas acompanhantes na partida de tênis inventada pelo mesmo Debussy em *Jeux*. Nada que se comparasse ao escândalo de 29 de maio.

Fazia trinta graus naquela noite de início de primavera parisiense e às quinze para as nove Stravinsky veria no palco o seu novo balé para Diaghilev, preludiado por Chopin e arrematado por Borodin. Até hoje não foi esclarecida a paternidade da história daquelas "cenas da Rússia pagã". Stravinsky sempre disse que a idéia lhe veio em sonho, um sonho que o perseguiu a ponto de sugerir a transformação do onírico em movimento de dança. Nicolas Roerich, apresentado desde sempre como co-autor do roteiro, jactava-se de ser proto-antropólogo respeitado e, por isso, reivindicava o todo da idéia para si. No programa da estréia de *A sagração da primavera*, o enredo foi mesmo parafraseado a partir de Roerich: "Grande alegria reina na Terra. A humanidade libera-se em dança e procura saber o futuro nos ritos a serem seguidos... Os adolescentes glorificam, aclamam aquela que foi eleita para ser entregue ao Deus..." Era um ritual de consagração que o público deveria esperar. Naquele momento, sem que se tivesse iluminado o palco, já corria o boca-a-boca do escândalo em potencial. Era um ritual, sim, mas não desses de se ver na catedral de Notre-Dame.

O escândalo residiu aí, nas expectativas enganadas: música como aquela não se tinha ouvido, coreografia como aquela não se tinha visto. Para os da dança, as vaias, o pugilato, as ofensas verbais correram por conta da coreografia de pés plantados no chão e virados para dentro. Disse um crítico: "Imaginem pessoas gesticulando como se possuídas, repetindo o mesmo gesto uma centena de vezes – pulam no mesmo lugar, pulam, pulam, pulam. E pulam..." Para os da música, as vaias, o pugilato, as ofensas verbais correram por conta da música. Os relatos coincidem num ponto que parece apontar para esta verdade: as reações adversas iniciaram nem bem tinha começado a música, tão logo se ouviu aquele lamento superagudo e tão incorpóreo do fagote. Disse Stravinsky, nem sempre uma testemunha confiável: "Deixei o auditório aos primeiros compassos do prelúdio que imediatamente tinha despertado gargalhadas de desprezo...". O italiano Puccini relatou o acontecido ao seu editor Ricordi: "A coreografia é ridícula, a música é autêntica cacofonia. O público vaiou, riu e... aplaudiu."

Assim se resume o escândalo que marcou a história da música moderna. Nem bem começada a música, já as manifestações favoráveis e contrárias surgiram da platéia em penumbra, mantida depois às claras para apaziguar a platéia e possibilitar que a polícia identificasse os arruaceiros mais afoitos. Em seguida, a historieta se transformou em história: a coreografia de Nijinsky foi esquecida para ser brevemente revivida nos anos 1980; a música de Stravinsky entrou para os programas de concerto e dali não saiu mais, instalando-se como portal do modernismo. Hoje é mais comum ouvir *A sagração da primavera* do que vê-la. Hoje escândalos não há mais. Assim como *A sagração* se transformou em música antiga, também o fato "escândalo musical" tem a marca da antiguidade. Escândalos eram ótimos para a música moderna, eram mesmo o seu carimbo de autenticidade, o seu certificado de qualidade. Depois tudo passou. Lendo-se as dezenas de relatos da estréia desse Stravinsky, fica-se mesmo com a impressão de que era bem coisa de 1913 alguém berrar a plenos pulmões em meio a uma platéia em polvorosa: "Ouçam antes! Vaiem depois!"

Um presente bem macabro

Por esses dias me surpreendi pensando em Édipo e sua estranha família. É que freqüentemente volto a *Édipo Rei*, para mim a melhor de todas as obras de Stravinsky. Qual *Sagração da Primavera*, qual nada! O que prende minha atenção é o austero oratório latino no qual Stravinsky cerimonializou Sófocles, petrificando-o. Não há muita coisa em música sobre Édipo. Nos últimos oitenta anos, acho que só aconteceram *Édipo*, a rara ópera do romeno George Enescu, e esse oratório de Stravinsky, representação estática e abreviadíssima da tragédia grega. A tragédia grega vista de um avião, dizia Jean Cocteau, autor do libreto. Uma boa chance para revisitar os figurinos helênicos, diria Coco Chanel, financiadora da empreitada. Uma oportunidade para mostrar um certo sentimento de "despaisamento", diria Stravinsky, o auto-exilado pós-revolucionário.

Corria o ano de 1927, hora de celebrar os vinte anos da existência dos Balés Russos de Serguei Diaghilev, o empresário russo que transformara um grupo de balé apenas exótico na grande atração das primaveras parisienses. Em sucessivas temporadas, não apenas o público parisiense se deixou fascinar pelos "balés russos". Até Mário de Andrade, na *Paulicéia desvairada*, encontrou um lugar para celebrar o grupo: "São Paulo é um palco de bailados russos. Mas o Nijinsky sou eu!" Pois de tão coloridos, os Balé Russos deverão ter sido surpreendidos pela estranha homenagem de Stravinsky. Um presente de aniversário que era um verdadeiro presente de grego: "Um presente bem macabro", teria dito o indignado Diaghilev, ao ser confrontado com a austeridade e a temática do oratório de Stravinsky. A primeira parceria de Stravinsky com Jean Cocteau deveria ter sido diferente. Mas, ah!, as viagens de trem! Numa delas, Stravinsky leu uma biografia de São Francisco de Assis e descobriu que o santo assinalava o seu próprio "despaisamento" com diferentes idiomas. Golpe de morte no Édipo francês pretendido por Cocteau. Tudo foi traduzido para o latim, para conferir ao oratório um caráter cerimonial quase proibitivo. Do francês, sobrou apenas a breve narração que conecta os vários episódios. Stravinsky queria mesmo que o público não entendesse o texto. Que se distanciasse dos eventos. Que não se compadecesse de Édipo e seu destino de desvendar mistérios sem cuidar das conseqüências.

Assim é o *Édipo Rei* de Stravinsky. Uma súmula de Sófocles – os seus "melhores momentos" (e isto é possível numa tragédia grega?) destilados em latim e colocados em música com pendores de paródia. Jocasta canta sua ária como se fosse um lento fox-trot. Édipo descobre sua origem ao som de uma barcarola. O coro anuncia o desenlace da tragédia numa tarantela desenfreada. São tantas as contradições que, no fim das contas, é tudo um fascínio só. Tudo é simulação em *Édipo Rei*, mas tudo é também emoção. Tudo é sorriso nas justaposições do latim com uns clarinetes meio canalhas. Mas tudo é arrepio na espinha e eriçar de cabelos quando o coro entoa, bem ao final da peça: "Ekke! Regem Oedipoda, foedissimum monstrum monstrat!" ("Vejam o rei Édipo, monstro dos mais imundos"). Por tudo isto, ouço em *Édipo Rei* a grande obra de Stravinsky. Raramente ele foi tão radical quanto nestas suas superposições absurdas, nesta sua paródia de Sófocles, cerimônia pétrea na qual os personagens nada fazem. Apenas aparecem e desaparecem, como almas penadas de uma história tétrica que nunca terá fim.

Balé dos elefantes

Elefantes dançando? Sim, mas não se trata de nenhum cinema de animação. Elefantes dançando na vida real, cinqüenta deles e outras tantas bailarinas, cada par envolvido num estranho *pas-de-deux*, num efeito quase circense. Na verdade, tudo aconteceu mesmo num circo e a história revela desvios cada vez mais surpreendentes, à medida que vão surgindo os nomes dos colaboradores ilustres dessa idéia maluca: Igor Stravinsky, George Balanchine, John Ringling North e Modoc, "o maior elefante africano dos Estados Unidos". Essa história é contada novamente, com riqueza de ilustrações, precisão de detalhes e nenhum paternalismo, em *O balé dos elefantes*, um livro para crianças.

Desafios existem muitos e um dos mais difíceis é escrever para crianças sobre os papas do modernismo: Stravinsky na música, Balanchine na dança e, certamente, Ringling North no circo (era dele o circo que se autoproclamava "o maior espetáculo da terra"...). Crianças e modernismo não são uma combinação trivial. Mas um balé de elefantes num picadeiro de circo tem o fascínio de um apelo irresistível para um autor e, mais ainda, para um ilustrador. Por esse caminho o desafio se desata. Por aí vão Leda Schubert e Robert Andrew Parker, que em coloridíssimas trinta páginas contam uma história linear de um balé de exceção. Essa linearidade, aliás, é confirmada por outro livro, bem mais acadêmico, *Stravinsky, o segundo exílio*, de Stephen Walsh. Um e outro livros parecem dizer que, para os gênios, cometer bizarrices é coisa de fazer sem piscar, coisa de contar sem rodeios.

Circos vivem em seu universo próprio, mas nem só de trapezistas vivia "o maior espetáculo da terra". O tempo *new age* do Cirque de Soleil estava longe e o Ringling Brothers era um circo à antiga. Como diz *O balé dos elefantes*, descrevendo sua chegada a Nova York na primavera de 1942: "Leões rugiam, macacos pulavam, havia acrobatas e cem palhaços, e camelos e lhamas, zebras, centenas de cavalos e cinqüenta elefantes. Cinqüenta!" Pelas páginas do livro, desfilam em desenhos e aquarelas o maravilhoso e o inusitado, recupera-se a magia ingênua das superproduções de suor e serragem que Cecil B. DeMille se encarregou de transformar numa hiperprodução hollywoodiana. Nesse contexto de festa e de exagero, naquele mesmo ano de 1942, surgiu a *Polca do Circo* de Stravinsky.

A biografia do compositor dá mais detalhes. Recém-chegado como imigrante aos Estados Unidos, Stravinsky necessitava urgentemente de boas encomendas que lhe garantissem o sustento. A fonte européia de direitos autorais tinha secado. Havia guerra e incertezas políticas, inseguranças financeiras e escassez de recursos. Para Stravinsky, tinham sumido até os convites para reger, mesmo nos Estados Unidos. Nesta situação, até um balé para elefantes serviria para aplacar as necessidades urgentes do dia-a-dia. A encomenda veio a calhar. Mãos à obra: nem bem terminada a *Sinfonia em dó*, uma peça que muito custou em começos e recomeços a Stravinsky, e já a *Polca do Circo* ia tomando forma. Minúscula, necessariamente ritmada, pesadona como seus personagens.

Parcerias renovadas entre os modernos e o balé dos elefantes estreou com sucesso. Uma foto registra a estréia já no final, os elefantes em fila em direção aos camarins. E mesmo assim, lá estão 35 elefantes! Ao lado de cada um deles, um treinador, certamente para evitar que o desfile se transformasse em estouro de manada. Pois, como disse um comentarista da época, os elefantes não gostaram nem um pouco da música de Stravinsky e a qualquer momento podiam manifestar seu desagrado com agressividade imprevisível. Um pouco como o público que vaiou a estréia da *Sagração da Primavera* em 1913. Só que ali houve, de fato, um estouro de platéia. Mais cordatos, quem sabe mais pacientes com os desvarios modernos, os elefantes suportaram estoicamente um tormento que lhes parecia insuportável.

Passou o circo, passaram os elefantes, passou a *Polca do Circo*. Balanchine e Stravinsky avançaram para outros projetos, acima de tudo para *Agon*, a obra-prima reconhecida de ambos. Imortalizaram-se no modernismo, um e outro. O melhor de tudo é que, depois de tantas voltas, de tantas teorizações profundíssimas, o modernismo, por vias do circo, se transformou em assunto de bom livro infantil. O balé dos elefantes não é mais do que uma pequena tromba no catálogo de Stravinsky, quase uma nota de pé de página sem muita vida própria. Não foi assim em 1942. É o que diz *O balé dos elefantes* em sua última página: “Por uns poucos minutos, grandes sonhos se tornaram realidade. Para as multidões embevecidas, a *Polca do Circo* foi inesquecível.”

Balé das locomotivas

Se elefantes dançando balé já são algo fora da realidade, imaginemos locomotivas dançando balé. Imensos corpos de ferro e aço, vapor e eletricidade, metidos em coreografias opulentas. Stravinsky teve sua chance de bizarrice com a *Polca do Circo* e seus cinqüenta elefantes. Quase ao mesmo tempo, Kurt Weill também teve a sua chance, nem bem circense, embora ele tenha apelidado o seu balé de locomotivas de "minha ópera circense". Corria 1939 e preparava-se a Feira Mundial de Nova York, evento que marcou época e que até inspirou um romance de, se não me engano, E. L. Doctorow. Nem parecia que a Europa estava dominada por regimes ditatoriais expansionistas e de exclusão: nos Estados Unidos, nem bem terminada a depressão econômica, tudo era festa, tudo era excesso. A Feira Mundial de 1939 foi arquitetada para mostrar que, no final, tudo acaba bem. Aí entra Kurt Weill. Aí entram as locomotivas.

A *Polca do Circo* de Stravinsky tem só cinco minutos de duração. É uma miniatura inconseqüente ensanduichada entre duas sinfonias gigantescas. Não é o caso de *Railroads on parade* (algo como *Desfile das estradas de ferro*?). Os acontecimentos tinham se passado de forma diversa para Kurt Weill: emigrado de primeira hora, ele já tinha estreado dois de seus musicais da Broadway, um deles lançando no mercado um dos standards da canção americana, *September song*. Ou seja: Weill era compositor de assimilação completa e imediata, o que muito lhe custou em críticas e ofensas que perduram até hoje. Ao invés de Stravinsky, sempre à procura de encomendas para o dia-a-dia, Weill tinha passado por Hollywood e falava de igual para igual com seus colegas da Broadway. Assim chegou-lhe às mãos *Railroads on parade*, mistura mirabolante de canções, danças, animais e trens. Não é por nada que a coisa tinha mesmo ares de ópera circense. Uma obra anterior de Weill, *A estrada eterna*, tinha exigido a destruição e a reconstrução de um teatro para acomodar um elenco numeroso. Agora se tratava de construir um teatro como se fosse um estádio de futebol cheio de trilhos.

A estréia de *Railroads on parade*, em 30 de abril de 1939, foi o ponto alto da Feira Mundial de Nova York. Os cartazes não perdiam tempo com modéstias: "Um imenso espetáculo dramático de crescimento e sucesso empregando um elenco de 250 homens e mulheres, 50 cavalos e 20 locomotivas, novas e antigas, todas elas funcionando com suas próprias forças! Produção magnificamente suntuosa numa escala jamais vista!" O teatro acomodava quatro mil espectadores. Pelo que se diz, as quatro sessões diárias estavam sempre lotadas. Tudo para celebrar os cem anos das estradas de ferro americanas, como uma Disneylândia antes do tempo, trazendo de volta velhos personagens e estendendo a tecnologia ferroviária até o presente. Com um prólogo e cinco atos, e mais de uma hora de duração, *Railroads on parade* abria espaço para muita música. No entanto, sempre se pode perguntar: com tantas locomotivas, era possível ouvir a música?

As crônicas da época dizem que sim, pois a mesma tecnologia que permitia locomotivas dançantes desfilando quatro vezes por dia diante de milhares de pessoas valia também para os diálogos e para a música. Um engenhoso sistema de amplificação, digno dos shows de rock mais enlouquecidos, foi montado (isso em 1939!) e parece não haver dúvida de que, sim, se ouvia a música. Pudera, a orquestra de Kurt Weill era completíssima e, entre valsas, marchas, andantes e allegrettos, muitas canções americanas eram citadas e transformadas, num trabalho que Weill tratou com a mesma seriedade de suas parcerias com Bertolt Brecht, Georg Kaiser ou Ogden Nash. Sucesso absoluto de tecnologia e de extravagância, *Railroads on parade* encerrou sua temporada em 1940. E caiu no esquecimento.

Railroads on parade não é uma nota de pé de página na biografia de Kurt Weill. Ao contrário, os especialistas apontam essa *ópera circense* como a culminância do seu primeiro período norte-americano. Para todos os efeitos, no entanto, *Railroads on parade* é obra morta. Não há registros de qualquer espécie, fora uma ou outra fotografia. Nenhum filme recupera o espetáculo extravagante. Nenhuma gravação nos permite entreouvir a música que tantos elogios conquistou. Bem assim as obras morrem. A música inexiste, se intocada. Os poucos registros que ainda existem parecem dizer que valeu a pena, que a Nova York de 1939 viu um espetáculo inesquecível. Mas não tão inesquecível que nos permitisse recuperar, quase setenta anos depois, algo daquela magia que inspirou romances, a não ser recolhendo aqui e ali fiapos de uma memória que se perde.

Kurt Weill

Uma vez nos fizeram acreditar que existiram dois Kurt Weill. Um, elogiável, aluno de Ferruccio Busoni e parceiro de Bertolt Brecht, que havia feito grande música e tinha credenciais ideológicas irrepreensíveis. O outro, desprezível, se autoproclamara "compositor americano", compondo musicais para a Broadway e canções "populares" que seriam manifestações do mais vil comercialismo. Não apenas isso: teria havido uma quebra de estilo tão flagrante entre os dois Weill que seria impensável uma reconciliação entre eles. O mito dos "dois Weill" acabou cristalizado pelo musicólogo David Drew no seu verbete para o *Dicionário Grove*, em 1980, onde se lê que Weill, ao passar a compor obras "menores", inscrevera-se entre aqueles compositores que, em vez de se terem tornado "grandes", haviam ficado apenas na promessa.

Hoje sabe-se que o mito dos "dois Weill" foi uma quimera produzida em tempos avessos ao revisionismo, nos quais a exacerbação ideológica polarizara campos mutuamente excludentes. Assim, não era possível a convivência pacífica do teatro épico da República de Weimar com o teatro comercial de Nova York e nem era praticável a aproximação entre as canções vernáculas de Weill & Brecht e as canções vernáculas de, por exemplo, Weill & Ira Gershwin. Deste modo, uma polarização redutora e prejudicial à compreensão da música de Weill firmou-se como verdade, embora existissem dados biográficos e musicais que a desdissessem. Mais do que compreender mal o compositor e sua música, o mito dos "dois Weill" terminou por resumi-lo a um mero auxiliar de Bertolt Brecht, uma espécie de compositor de segunda categoria que teve os seus breves momentos de brilho pelas mãos de um parceiro mais ambicioso.

No Brasil, o mito dos "dois Weill" perdura até hoje. Mas é que no Brasil nunca se cogitou em desideologizar Weill e nem se conhece sua música por inteiro. A sua roupagem instrumental original, indispensável para defini-lo, raramente tem sido ouvida por aqui – o que mais se ouve são canções em versões mais esquemáticas, para canto e piano, num repertório que raramente tem avançado para além das parcerias com Brecht. Também as letras de Brecht, é necessário que se diga, são cantadas em traduções abastardadas que pouco têm a ver com as letras originais. No Brasil, a separação dos "dois Weill" também tem permitido desprezar o lado judaico de Weill, já que o maldisfarçado anti-semitismo brasileiro faz da presença do judaismo na música de Weill (ou de Schoenberg, se for o caso) um tema desconfortável cujas implicações muitos preferem ignorar.

À medida que se aproximava o centenário do nascimento de Kurt Weill, em 2000, olhares mais demorados começaram a ser lançados sobre a sua obra. Paradoxalmente, foi o próprio David Drew, ao compilar o catálogo comentado da obra de Weill, um dos primeiros a soar o alarme: havia mais coerência entre "os dois Weill" do que ele próprio havia pensado, e era urgente uma reversão de pensamento. Ao mesmo tempo (e também paradoxalmente) ouviu-se o mesmo alarme na Alemanha: um dos biógrafos de Weill, Jürgen Schebera, havia decidido ceder às evidências e colocar a produção americana de Kurt Weill em pé de igualdade com a produção germânica do entre-guerras. Havia terminado o período das generalizações redutoras.

Nestes últimos dez anos, as pesquisas sobre Kurt Weill têm-se orientado pelos traços cada vez mais evidentes de uma personalidade metódica que se reflete numa música coerente, sem quebra de estilos. Em primeiro lugar, alterou-se a percepção da fase alemã de Weill, para trás (o período anterior à "pequena" *Mahagonny* de 1927) e para a frente (para além da "grande" *Mahagonny* de 1930), recuperando assim obras anteriores e posteriores à parceria com Bertolt Brecht. Descobriu-se que já bem antes de 1927 Weill havia se transformado, de modernista convicto, em assimilador dos ritmos de dança (principalmente o tango, o fox-trot e o shimmy) e do vernáculo (a poesia "informal" em vez da poesia "simbólica"). Mesmo antes de Brecht, Weill havia buscado parceiros ilustres. Um dos mais constantes foi Georg Kaiser, libretista de *Der Protagonist*, o primeiro sucesso operístico de Weill, em 1926, e autor de *Der Silbersee* (O lago de prata), o drama com música que em 1933 selou o destino de Weill, aos olhos dos nazistas, como o compositor definidor da *entartete Musik* (a "música degenerada") e, como tal, primeiro candidato ao extermínio.

Dentro destes novos enfoques biográficos e musicais, a música de Kurt Weill para o teatro americano também sofreu uma reavaliação radical, assim como o próprio teatro musical nova-iorquino tem sofrido reconsiderações. Descobriu-se que o "musical integrado" deve muito mais do que se pensava aos seis musicais de Kurt Weill da década de 40, principalmente *Love Life*, parceria com Alan Jay Lerner de 1948. Na mesma medida, liberou-se *Street Scene*, parceria de Weill com Langston Hughes (o principal nome da poesia negra daquela década), do mofo da comparação com Puccini para identificá-la como protótipo da ópera norte-americana. Finalmente, equiparou-se *Lady in the Dark*, parceria com Ira Gershwin, aos musicais que o próprio Ira Gershwin havia feito, dez anos antes, com seu irmão George.

Muitas lacunas na música de Weill têm sido preenchidas. Foram recuperadas as obras produzidas entre os primeiros dias de exílio, após a fuga espetaculosa de Weill da Alemanha nazista em março de 1933 e sua emigração definitiva para os Estados Unidos, em 1935. Não se trata aí de *Os sete pecados capitais*, a derradeira parceria Weill & Brecht, ambos já no exílio, e que é bastante conhecida. Trata-se de trazer para a posição biográfica correta a *Sinfonia n° 2*, obra de exílio e que fecha definitivamente a ponte entre os pretensos "dois Weill". E se trata de encenar o imenso oratório bíblico-judaico *Der Weg der Verheissung* ("O caminho da promissão"), recolocando o judaísmo na posição central da sua produção.

Estes são os três elementos da reavaliação da música de Weill levada a efeito nestes últimos anos: investigar a música do Weill germânico, para trás e para adiante da sua parceira com Brecht, reconsiderar o papel do judaísmo na sua obra, principalmente naqueles momentos cruciais da diáspora de vida e música, e reavaliar a contribuição de Weill à dramaturgia musical americana. Em vez de confirmarem os caminhos estilísticos disparatados de "dois Weill", estas investigações têm confirmado exatamente o oposto – a coerência estilística dos vários períodos e dos vários gêneros de música abordados por Weill, num constante processo de autocitações, reaproveitamentos e reformulações. Para muito além de apenas "dois" Weill, estas descobertas confirmam o acerto do caráter revisionista da musicologia recente, a qual, ao trazer para o primeiro plano compositores uma vez relegados à periferia pela conveniência ideológica, recusa a simplificação dos conceitos lineares. Assim, Kurt Weill assumiu desde o seu centenário em 2000 uma posição de absoluta centralidade em relação à música da primeira metade do século XX. E as suas obras, trazidas novamente à luz, nada mais fazem do que desdizer os maldizeres.

Prokofiev

Uma certa inclinação mórbida me faz procurar, nas biografias dos compositores, o momento da morte. A mim interessa menos saber como chegaram a ser o que foram. Pretendo saber de imediato como deixaram de ser o que foram. No caso de Serguei Prokofiev, compositor russo de credenciais impecáveis, a morte teve um amargo sabor de ironia. Pois não é que ele morreu no exato dia em que também morreu Josef Stalin? A coincidência trouxe uma dupla conseqüência: a morte do compositor passou despercebida em razão do desaparecimento do ditador, a quem o medo forçava homenagens monumentais, e Prokofiev desapareceu sem ter a chance, como Shostakovich, de viver tempos menos opressores, musicalmente menos normativos, do que aqueles vividos sob Stalin.

A vida de Prokofiev poderia ter sido um filme de Grigori Kozintsev, tais as suas dimensões shakespearianas. O compositor já era adulto antes da Revolução Russa, mas saiu do país exatamente no momento da turbulência política, não por profundas divergências ideológicas – como Stravinsky –, mas por conveniência de carreira artística. Prokofiev viveu quase duas décadas fora da União Soviética, primeiramente nos Estados Unidos, depois na Europa. Sua fama de ultramodernista criou-se ali. Em 1936, justamente quando o período stalinista assumia a sua face mais tenebrosa, ele resolveu voltar para casa. Antes de creditar esse retorno desastrado à conta da pura e simples saudade, há outra possibilidade, igualmente shakespeariana. Sem ter conseguido superar o prestígio de Rachmaninov nos Estados Unidos ou o de Stravinsky na Europa, ocupantes já bem estabelecidos da representação da música russa fora da Rússia, Prokofiev resolveu voltar no exato momento em que o lugar de Shostakovich tinha ficado vago ali, em razão das perseguições políticas. A hora não era das melhores, mas foi nessa situação que os quatro grandes da música russa da primeira metade do século passado gravitaram um em volta do outro: Stravinsky, Rachmaninov, Shostakovich, Prokofiev.

Assim como a biografia, também a música de Prokofiev sofre uma certa ironia, tão penetrante quanto a da sua morte. Uma vez considerado exemplo de modernidade, a meio caminho entre as asperezas schoenberguianas e as camaleonices stravinskianas, Prokofiev só não veio caindo no esquecimento por força de algumas poucas obras: o terceiro concerto para piano, o segundo concerto para violino, a sinfonia nº 7, algumas sonatas para piano, o balé *Romeu e Julieta.* E a parceria com Eisenstein no cinema, por certo, música de tempo de guerra. Anos depois da morte, Prokofiev foi remetido à posição de compositor que aguarda redescoberta. Ele fez de tudo em todos os gêneros, muito mais do que meia dúzia de obras mais tocadas permitem prever. Há ópera e música patriótica. Há concertos esquecidos e música de câmara intocada. Há até escritos autobiográficos a serem reeditados.

Parece que o destino dos compositores russos é o constante esquecimento. Quem conhece ou alguma vez ouviu a música das dezenas de compositores russos que Ira Gershwin enumera, um após o outro, numa canção do musical *Lady in the dark* de Kurt Weill? A redescoberta de Prokofiev, na plenitude da sua música e na confusão da sua ideologia, poderia servir de portal à redescoberta de muitos deles, preenchendo um dos incontáveis desvãos da música do século XX, tão confusa em sua variedade que só um mesmo esforço de resgate poderia pretender colocá-la em ordem.

Cenas de sexo explícito

Lá a folhas tantas de *O mandarim miraculoso* de Béla Bartók há uma música pertubadora que só pode ser associada a uma tentativa de estupro. Contam-se nos dedos de uma mão os casos de violência sexual colocados em música. Tanto assim que o balé de Bartók causou, mais do que escândalo, nojo nas platéias de Colônia em 1926 e de Budapeste em 1927. A censura desabou sobre o compositor e ele, desgostoso, nunca mais voltou a fazer música para o palco. *O mandarim miraculoso* é um daqueles casos em que a associação da música com algo extramusical pode ser feita com segurança, uma vez que o próprio compositor colocou na partitura o significado preciso daquilo que se ouve. Na partitura do balé, por volta do número de ensaio 62 ("número de ensaio" são os "marcos de quilometragem" que indicam aos músicos onde todos estão ou deveriam estar), Bartók escreve: "Uma caçada selvagem inicia. O mandarim tenta agarrar a mulher que lhe escapa persistentemente." A selvageria da música não deixa dúvidas sobre as sensações dos dois personagens naquele momento. A intenção de um é a violência a qualquer custo. A do outro é escapar tanto quanto lhe for possível.

No início da musicologia feminista, lá se vão umas boas décadas, li uma explicação da *Quinta Sinfonia* de Beethoven que traçava um paralelo entre ela e o abuso sexual, identificando Beethoven como o grande, ou mesmo o maior, estuprador da música. Mas, neste sentido, ainda não vi nenhuma menção àquela dezena de compassos do *Mandarim*. A razão deve ser simples: Beethoven é mais conhecido do que Bartók e é muito provável que a *Quinta Sinfonia* se aloje na (boa) memória afetiva dos leitores mais firmemente do que obras escandalosas de compositores modernos. Assim, por mais tortuoso que tenha sido o raciocínio musicológico, aquela comparação resultou mais iconoclasta com Beethoven do que teria resultado com Bartók.

Há raríssimas cenas de sexo explícito em música e duas já me ocorrem de imediato. Não, não se trata do *Bolero* de Ravel, nem do prelúdio do *Tristão e Isolda* de Wagner. Os compositores nada disseram sobre o possível apelo erótico dessas obras e qualquer associação será sempre indevida, por mais inescapável que possa parecer a este ou àquele ouvinte. Na realidade, o sexo explícito está em obras quase obscuras, mas nas quais os compositores indicaram cuidadosamente o que se passava a cada momento da música. No musical *Passion* de Stephen Sondheim e James Lapine, por exemplo. No texto impresso, os autores descrevem o início da peça: "Tambores. A luz lentamente ilumina uma cama com duas figuras no ato sexual. A mulher está sobre o homem. Tambores chegam ao clímax no momento em que a mulher solta um grito de orgasmo. A orquestra substitui a voz da mulher e os tambores se calam." A música é tal e qual a descrição em texto, com tais acentos eróticos e ainda mais instrumentos de metal.

Os mesmos instrumentos de metal, aliás, que foram a desgraça de Dmitri Shostakovich em 1936, quando sua ópera *Lady Macbeth de Mtsensk* fazia dois anos que percorria a Rússia com sucesso. Pois bem. Josef Stalin foi assistir à ópera e não gostou da descrição do ato sexual entre Katarina e Serguei que é reproduzido, impulso por impulso, em um dos interlúdios que complementam o que se inicia no palco, ao vivo, mas que obviamente não podia ser mostrado ali em todo o seu explícito. Stalin viu, não gostou, e na manhã seguinte pespegou um editorial no *Pravda*, chamando a ópera de Shostakovich de "lama em vez de música". Começava assim o longo e tenebroso inverno de Shostakovich no expurgo artístico e na perseguição stalinista. Quando a ópera voltou à cena muitas décadas depois, o som de trombones que tanto tinha chocado Stalin havia sido extirpado. As descrições sexuais explícitas em música têm dado azar aos seus compositores. Em Bartók, resultou no nojo público. Em Sondheim, no desprezo da pudica platéia nova-iorquina. Para Shostakovich, a desgraça oficial. O que sobra então para nós, os ouvintes? Sobra o choque de descobrir que as palavras de explicação só explicitam aquilo que as músicas específicas destes compositores têm a força de evocar pela sua própria disposição de elementos sonoros. Umas evocam coisas tenebrosas. Outras, coisas maravilhosas.

O iluminado

Lembram do garotinho pedalando furiosamente o seu triciclo pelos corredores do hotel vazio em *O iluminado* de Stanley Kubrick? Lembram da câmera, bem perto do chão, seguindo o triciclo? Lembram da música que se ouvia (Kubrick sempre teve um ouvido infalível para associar música e cinema)? Era a *Música para cordas, percussão e celesta*, de Béla Bartók, lá de 1935. É bem apanhada, a música da *Música*. São quatro movimentos isolados que terminam se interligando, por força dos mesmos instrumentos que aparecem em todos eles. No pri meiro movimento, uma melodia ensimesmada vai se desenrolando, atinge um ápice e logo retrocede, voltando para o nada. O segundo movimento é todo ritmo, como se Bartók enlouquecesse Stravinsky um pouquinho, com ritmos irrequietos, pontudos, agressivos mesmo. O terceiro movimento... Bem, aí está o garotinho de *O iluminado*. O terceiro movimento é uma daquelas músicas noturnas de Bartók. De repente estamos no meio de uma floresta iluminada pela noite, cercados pelos insetos mais sonoros de que se tem notícia. E logo, tal como no primeiro movimento, somos devolvidos ao silêncio. O quarto movimento é uma festa: uma movimentada dança húngara (romena? eslovaca?), e conta-se que na estréia da peça o próprio Bartók mostrou aos músicos como tocar os seus instrumentos, tal como ele tinha visto nas suas pesquisas de campo.

Pois bem. Outro dia caiu-me nas mãos um livro, algo tão maravilhoso como algumas cenas de *O iluminado* de Kubrick: uma versão fac-similar perfeita do manuscrito da *Música para cordas, percussão e celesta*, página por página. Para um músico, manuscritos exercem um fascínio até desmedido. Mas é que, se o compositor nada disse de sua obra, é no manuscrito que os músicos poderão entrever o seu pensamento a cada momento da composição: as certezas, as indecisões, os segundos pensamentos. E da *Música para cordas, percussão e celesta* só existe um manuscrito. Não há rascunhos, folhas descartadas (mas ainda conservadas como ajuda de memória), primeiros borrões. É um manuscrito só, escrito com cuidado e certeza em ordem direta, do primeiro ao último movimento, do primeiro ao último compasso. No máximo, Bartók terá colado algum papel sobre um par de compassos descartados – e o fac-símile reproduz o papel colado e o que estava por detrás do papel colado.

A *Música para cordas, percussão e celesta* de Béla Bartók é um dos fundamentos do modernismo em música e uma das obras-primas inquestionáveis da música de concerto do século passado. Difícil de tocar, boa de ouvir. Ao examinar o manuscrito de Bartók, como *voyeurs* musicológicos, fica-se com uma pergunta: mas Bartók sabia que estava compondo, naquele momento, um dos alicerces da música do século XX? A sua certeza ao compor é tanta, que só pode ser identificada como modéstia. Quem sabe seja isto o que ele nos ensine: a obra-prima musical é questão do acaso. Tudo o que cabe ao compositor é trabalho e modéstia. Pode ser que daí resulte nada. Mas, às vezes, pode ser que daí resulte tudo.

Latinidades

Nobilissima visione. Aparebit repentina dies. Dicebat Jesus Scribis et Pharisaeis. Ite angelis veloces. Títulos de composições medievais esquecidas no tempo? Motetos renascentistas de grande recolhimento religioso? Qual nada! Todo esse latinório identifica obras de Paul Hindemith, compositor alemão que atravessou o século passado e veio morrer já em plena Guerra Fria de 1963. Diz-se da música de Hindemith que nela não há interesse – ele teria sido compositor de música monótona, para dizer o menos. Eu mesmo já tenho dito que é melhor tocar a música de Hindemith do que ouvi-la. A ofensa, vejo agora, talvez seja exagerada, mas o consenso é mesmo este. Por isso, hoje Hindemith nem se toca nem se ouve. Despencou de moda. Mas vejam lá. A vida de Hindemith foi coloridíssima e, de fase em fase, houve um momento em que ele se pôs a compor músicas em latim. Músicas religiosíssimas.

Quando veio o nazismo, Hindemith tentou ficar na Alemanha. Schoenberg e Weill, seus colegas também ilustres, exilaram-se na primeira hora. Não foi o caso dele, que, num esforço inútil, tentou fazer valer a força da criação musical contra o regime repressor. Sem sucesso: já em 1934 ele era acusado pelo próprio ministro de propaganda nazista Goebbels de "barulhador atonalista". Talvez movido pela estréia da sua ópera *Matias, o pintor*, longo ensaio sobre os embates de outro artista contra o sistema, Hindemith tenha pensado que valesse a pena quebrar lanças pela estética. Em vão. Em 1938, sua música foi colocada definitivamente entre os exemplos daquilo que os nazistas chamaram de "música degenerada". Ao mesmo tempo, a ascendência judaica de sua mulher foi exposta. Nada mais havia a fazer senão exilar-se. Primeiro na Suíça. Depois nos Estados Unidos. Como Schoenberg e Weill. Precisamente na iminência do exílio surge a primeira das "obras latinas" de Hindemith: a lenda-em-dança *Nobilissima visione.*

A partir das trevas daqueles tempos foram surgindo, uma a uma, as obras em latim, cada vez mais religiosas, quase limítrofes ao catolicismo exacerbado do francês Messiaen. O ano de 1938 é também o do aparecimento de um tratado de harmonia que manteve Hindemith vivo até hoje. O rigor do retorno à harmonia tonal que inunda o tratado assinala também novos tempos de estilo musical. E foi assim: do expressionista iconoclasta dos primeiros tempos, Hindemith se transformou em arauto do tonalismo mais rigoroso. Ampliado, é verdade, mas rigoroso. Veio também uma religiosidade imprevista que foi tomando forma num sem-número de composições, até chegar à última delas: um Credo deixado incompleto numa mesa de trabalho que nunca mais seria tocada. É do amor às regras, mas não da religiosidade nascida por necessidade, que vem o mito do compositor monótono.

Quem já não teve algum professor que, de tão aderente às regras, trocou o delírio da criatividade pela objetividade das leis? Na música de Hindemith também é assim. Mas, com algum esforço, pinça-se aqui e ali, numa floresta de obras insossas, alguma obra mais quente. E as obras mais quentes de Hindemith são as de inspiração latina. *Aparebit repentina dies* de 1947. O *Ludus tonalis* para piano, conjunto de prelúdios e fugas que nada tem de religioso, a não ser que se conte entre as tarefas religiosas a louvação a Johann Sebastian Bach. O que nunca será descabido. A vida colorida de Hindemith permitiu, de tempos em tempos, quenturas composicionais. E reconciliações definitivas: dos emigrados ilustres, só ele voltou à

Europa do pós-guerra para reiniciar a vida mais uma vez. Para tanto não houve tempo nem para Schoenberg, nem para Weill.

Mas, afinal, que idéia foi essa de falar de Paul Hindemith a esta altura dos acontecimentos? Mas é que, justamente, não há motivo especial para que se faça isso, efeméride nenhuma, nenhuma celebração de aniversário ou lembrança de morte. Talvez seja a necessidade premente de mudança de ares, tão saturados de Mozart e Beethoven. Aí veio, porque veio, o nome de Hindemith. Pois não é que um dia desses alguém me perguntou se a música alguma vez matou Deus? Não, nunca. Se algo houve, foi o contrário: um aprofundamento de religiosidade que encontrou a contrição mais sentida justamente em certos compositores do século passado. Como esse Hindemith intratável, compositor de obras talvez verdadeiramente monótonas mas que, se ouvidas, são muito menos severas do que faria supor a definição de monotonia.

Britten

A música dos 1950 teve profunda desconfiança de compositores que não pertenciam ao eixo Paris-Berlim-Viena ou de compositores que não fizeram nenhum movimento de namoro em direção à vanguarda explícita. Benjamin Britten foi um desses compositores desprezados e, apesar disso, talvez a sua importância seja maior do que se lhe dá crédito. Mesmo considerando que a música inglesa nem começa e nem termina com ele, como era costume dizer, Britten teve uma vida marcada pela polêmica e por uma música nada desprezível. Obra imensa, parceiros ilustres, questões de sexualidade, lugar reservado no repertório – tudo isso faz parte de Benjamin Britten.

A parte principal da música de Britten foi composta em pleno apogeu da música de vanguarda, mas em absoluta contradição com a iconoclastia e os novos meios. Britten sempre reconheceu a si mesmo como "um compositor fora de moda", um fazedor de óperas, num tempo em que de ópera já pouco se falava e praticava. O resultado desse descompasso estético é notável: a única ópera composta depois de 1940 que se enraizou no repertório dos teatros de ópera de todo o mundo é *Peter Grimes*, a primeira das óperas de Britten. De *Peter Grimes* em 1945 a *Morte em Veneza* (baseada mais em Luchino Visconti e menos em Thomas Mann) em 1973, Britten passou por muitos territórios líricos. A coroação de Elizabeth II em 1953 foi celebrada em *Gloriana*, sobre um tema elizabetano não muito apropriado para a ocasião; a reunião de grande literatura está em *Billy Budd*, unindo um livro de Melville e um libreto de E. M. Forster.

Todas as óperas de Britten têm personagens proeminentes cantados por tenor: Essex em *Gloriana*, Capitão Vere em

Billy Budd, Aschenbach em *Morte em Veneza* e o próprio Peter Grimes, personagens escritos sob medida para Peter Pears, cantor britânico da mesma geração de Britten. Esta coincidência tem a ver com a questão da sexualidade em Britten, pois foi com Peter Pears que ele estabeleceu uma relação longa e estável e muito se tem escrito sobre se a música de Britten é da maneira que é por conta de sua homossexualidade. É um tópico sobre o qual as novas musicologias têm se debruçado, com suas preocupações sobre as intersecções da música com questões de gênero, etnia e sexualidade.

Além de Pears, Britten teve outros interlocutores musicais, principalmente os russos. Para Mstislav Rostropovich ele compôs a sonata para violoncelo e piano e as suítes para solo de violoncelo. Com Dmitri Shostakovich houve um caso de cumplicidade musical, uma identificaçao estética que fez com que a *Sinfonia nº 14* de Shostakovich e *Morte em Veneza* de Britten compartilhassem alguns materiais musicais. A obra principal de Britten, no entanto, não é uma ópera. É o *Réquiem de Guerra*, composto para a reconsagração da catedral inglesa de Conventry, arrasada pelos bombardeios nazistas. A crença pacifista de Britten, outro de seus traços característicos, aparece integralmente nessa obra que é um pouco oratório, um pouco celebração litúrgica. Ainda assim, o tom conciliatório do *Réquiem de Guerra* foi atropelado pelo regime soviético, que impediu a presença de Galina Vishnevskaya na estréia, para que uma cantora russa não participasse da mais britânica das peças corais britânicas. Ali, em 1962, a polêmica que sempre cercou Britten estava chegando ao seu ponto máximo. Fica-se a cogitar que novas polêmicas serão despertadas pelo aprofundamento das novas temáticas musicológicas, seja nas discussões sobre música, seja nas discussões sobre sexualidade, pacifismo ou opções ideológicas.

Messiaen

Aos quatrocentos anos, a ópera prossegue. São muitas as estréias: em primeiro lugar, *What Next?*, a primeira ópera de Elliott Carter, aos noventa anos de idade. Depois, prossegue a tendência norte-americana de levar para a ópera dramaturgos e romancistas fora de suspeita: depois de *Um bonde chamado Desejo*, a versão de André Previn para a peça de Tennessee Williams, *Panorama visto da ponte*, de William Bolcom sobre a peça de Arthur Miller, e *O grande Gatsby* de John Harbison sobre o livro de F. Scott Fitzgerald. Assim a ópera continua a se reconstruir, além de excursionar pelo jornalismo (John Adams: *Nixon na China*), pela reinvenção da tragédia grega (Mark-Anthony Turnage: *Greek*), pelo hipermodernismo (Brian Ferneyhough: *Shadowtime*) e pela reinvenção do trovadorismo (*L'amour de loin* de Kaija Saariaho).

A ópera dos últimos tempos, mais do que desejar ser pós-moderna, despediu-se com gosto do coloquialismo que tinha sido buscado desde o final do século passado e que disfarçava até a monumentalidade através do estranhamento e da paródia. Os vários registros de *São Francisco de Assis* do francês Olivier Messiaen justificam supor que essa despedida terá começado ali mesmo, naquela ópera estreada em 1983 depois de oito anos de gestação. Os personagens quase míticos, o estaticismo, a exaltação religiosa: tudo serve para evitar o vernáculo das óperas precedentes, abrindo o caminho para a reinvenção de um palco operístico onde o cotidiano e o coloquial cedem lugar para o cerimonial e o solene.

Para alguém que tivesse prestado menos serviços à música do pós-1945, a temática, o texto e a música de *São Francisco de Assis* seriam imperdoáveis. A contemplação religiosa, os grandes gestos conclusivos, a opulência orquestral, as linhas vocais escritas à maneira de cantilenas infindáveis, tudo seria insustentável, não fosse o seu compositor o mesmo Messiaen, vanguardista de primeira hora que, nem bem terminada a guerra, propôs que a música recomeçasse do zero, tendo apenas o fantasma de Anton Webern como guia.

A ópera de Olivier Messiaen, "cenas franciscanas" é o seu subtítulo, tem uma monumentalidade que só mesmo o gosto francês pelo solene pode justificar, como havia justificado – muitos anos antes – *Édipo Rei* de Stravinsky (do qual o próprio São Francisco de Assis foi uma influência oblíqua) e *Joana D'Arc na fogueira* de Honegger (de orquestração muito semelhante à de Messiaen). Mas se estas são obras modernistas disfarçadas de neoclássicas, a ópera de Messiaen surgiu na contracorrente do minimalismo, sem temer que o seu gigantismo pudesse parecer anacrônico.

Como assinala Paul Griffiths, Messiaen retoma em *São Francisco de Assis* a proporção 7+1 que caracteriza a sua obra mais célebre, o *Quarteto para o fim do tempo*. São sete cenas ("A cruz", "As laudas", "O beijo no leproso", "O anjo viajante" – a única cena sem a participação do personagem São Francisco –, "O anjo músico" e "O sermão aos pássaros" – as duas cenas centrais da ópera, em duração e em concentração de materiais musicais –, "Os estigmas") que se projetam para a eternidade através de uma última cena ("A morte e a nova vida" – uma longuíssima cena de morte que supera, em duração, as cenas de morte, ou de "transfiguração", das óperas wagnerianas). Estas oito cenas estão divididas em três atos e chegam às quatro horas de música, envolvendo nove cantores solistas, uma orquestra de 119 músicos (mais três *ondes martenot* solistas – o instrumento "messiaênico" por excelência) e um coro de 150 vozes.

São Francisco de Assis não pode ser ouvida sem um conhecimento prévio do que a música de Messiaen significa, tendo sempre bem em vista as suas propostas. Para que o seu estaticismo quase antioperístico seja compreendido, é necessário compactuar com o misticismo católico-apostólico-romano que Messiaen coloca aqui na sua manifestação mais exacerbada. Afinal, disse o compositor, "escolhi São Francisco de Assis porque ele, de todos os santos, é o mais parecido com Cristo; moralmente através de sua pobreza, castidade e humildade; fisicamente através dos estigmas que recebeu nos pés, nas mãos e no torso". Mas não é só: a paixão pelos pássaros, que tantas vezes se manifestou nas obras de Messiaen de maneira implícita (*Dos cânions às estrelas*, para orquestra) ou explícita (*Catálogo dos pássaros*, para piano), volta a ocupar o primeiro plano em *São Francisco de Assis*, culminando em "O sermão aos pássaros", a cena mais longa do drama. Nos 45 minutos desta cena, diz Messiaen, "desejei criar um caos organizado superpondo cantos de pássaros uns aos outros".

No fim das contas, as preocupações de Messiaen se traduzem numa ópera cujo sentido melódico nunca se ergue para além da cantilena, a não ser nas grandes perorações orquestrais em uníssono, e que estabelecem um sentido peculiar de harmonia, com a construção de melodias de acordes, cada um deles certamente imbuído de um significado místico, e com uma preocupação rítmica que ora retorna à retórica clássica, ora recorre às *talas* indianas.

Deve-se levar a sério uma proposta operística como essa? É provável que sim. A ópera de Messiaen é tão sólida musicalmente quanto inflexível dramaticamente. Cada uma das suas oito cenas cria um vocabulário específico de gestos, e o efeito cumulativo de ação e música é devastador. A ópera do final do século parece mesmo ter iniciado com esse *São Francisco de Assis*, cujas monumentalidade e exaustiva firmeza de propósitos apontaram o caminho para o ecletismo e para o personalismo que hoje identificam a ópera do tempo. Mais uma vez, Messiaen soube ensinar o caminho da vanguarda para os seus contemporâneos pois, no momento em que optou por dar uma forma operística à sua obra máxima, demonstrou as vantagens de manter-se fiel a convicções pessoais, sejam elas religiosas, musicais ou ornitológicas.

Música das cidades

Se nos colocarmos de costas para o prédio onde morou o compositor Edgar Varèse durante toda a sua vida nova-iorquina e olharmos para a esquerda, o panorama será mítico. À distância, emoldurada pela exatidão dos limites da rua, lá está a verticalidade absoluta do Empire State. Como só há prédios baixos à volta, é como se aquele edifício voltasse a ser o mais alto do mundo, gigantesco como se apresenta mesmo à distância. Poucas paisagens adaptam-se tão bem a compositores quanto essa que foi a paisagem cotidiana de Varèse, sua aliança visual com a tecnologia, décadas e décadas a fio. É que Varèse foi um dos primeiros compositores que, enamorados de tecnologia, colocaram a cidade em música. De todas as cidades de Varèse, foi Nova York que mereceu tratamento especial. Isto foi em *Amériques*, cuja estréia em 1926 coincide mal e mal com o início da construção do Empire State. Se há muito de pensativo e declamatório nessa peça, há outro tanto de buzinas, sirenes e agitação de trânsito urbano, de máquinas e de pessoas. De todas as tecnologias nascentes do início do século passado, certamente foi o trânsito – não excluída aí a poluição sonora – a mais prontamente cooptada pelos compositores, transformada em matéria musical como se música fosse.

A estréia de *Amériques* é simultânea à estréia de *O mandarim miraculoso* de Béla Bartók, uma outra peça eminentemente urbana e que também evoca em sons a barulhada da cidade. Como os dois compositores trabalharam em suas obras ao mesmo tempo, fica impossível determinar quem primeiro teve a idéia de colocar cidade em música. O certo é que o balé de Bartók abre com uma paisagem sonora caótica inequivocamente urbana, provavelmente a mais barulhenta paisagem de orquestra composta até aquele momento. Tudo ali é trânsito desorganizado, jogando o solitário personagem principal no meio de tudo. Ou no meio do nada. Teria sido coisa daqueles tempos de novidade, essa paixão urbanística? Pois não só as obras de Varèse e de Bartók evocam o hoje de então. Há, à sua volta, as buzinas do início da ópera *Il tabarro* de Puccini e as de Gershwin em *Um americano em Paris*. Se nos deixamos tomar pelo entusiasmo, já lá vêm os motores de George Antheil e as máquinas de datilografia de Erik Satie e Paul Hindemith, o que na verdade já é outro assunto.

Foi o americano John Cage, sempre cheio de idéias, quem de uma vez por todas colocou a cidade toda em música, isto já em 1977, numa peça para qualquer número de intérpretes e um bom número de sons gravados. Nova York é mais uma vez o tema: assim como em Varèse, a cidade reaparece. Em *49 valsas para os cinco distritos*, Cage recolheu os sons de cada um dos distritos nova-iorquinos e a música é isto. Digamos que um pianista toque solitariamente no palco enquanto à sua volta essa cidade gira – dentro do palco e em volta da platéia. Pode ser isso a música de Cage. Pode ser também outra coisa, levando em conta a indeterminação que Cage imprime à sua música, cambiante a cada momento. A única constante das *49 valsas* é o som contínuo da cidade, em novo acesso de paixão urbanística. Algo assim é o que acontece com o arranjo de Rogério Duprat para *Mamãe Coragem* no disco tropicalista de Nara Leão. A rua também está ali, no máximo da cacofonia que se permitia a um arranjo orquestral de canção lá pelos idos de 1968.

Os exemplos de música urbana se multiplicam. Nova York renovou-se em *City Life* do americano Steve Reich de

1994. Peça estranhamente datada, porque o seu último movimento é todo feito de sons do primeiro atentado às torres do World Trade Center. Agora que já não há torres, *City Life* foi superada pelos sons urbanos que servem de memorial ao segundo atentado em *Sobre a transmigração das almas* de John Adams. E por falar em almas: o que dizer das cidades do além? Sim, estas também existem em música. Delas o francês Olivier Messiaen se ocupou em *Couleurs de la cité céleste* de 1963 e também em *La ville d'en haut* de 1987. Ambas se referem à mesma cidade, aquela que vem do alto no capítulo 21 do Apocalipse. Messiaen era católico fervoroso, assim nada mais justo que ele se preocupasse com a vida eterna e acreditasse, pelo menos em música, nesta cidade mítica e mística que surgirá do alto quando cidades não mais existam e tudo tiver sido apagado da face do mundo. Ah! Cidades em música! Não fosse Wolfgang Amadeus Mozart e nada disso teria acontecido, pois foi ele quem teve a idéia de imortalizar a agitação de Viena, 1786, nos primeiros compassos de *As bodas de Fígaro*. Não fosse isso e as cidades teriam permanecido mudas em música, neste e noutros mundos.

Feio

Foi há pouco menos de cem anos que a música começou a expressar o feio. Pretendo que isto seja um elogio, não uma ofensa. A expressão de sentimentos não-religiosos ou pelo menos não disfarçados em religiosidade foi uma conquista relativamente recente da música. A raiva, por exemplo. Só há uns quatrocentos anos o barroco conseguiu – ou ousou – a raiva em música. O barroco, aliás, é a grande província dos sentimentos em música e da conquista de gestos musicais que significam diretamente algum sentimento. Até mais do que sentimentos, estes gestos acabam significando estados anímicos por inteiro. Talvez os melhores momentos da raiva e da indignação em música aconteçam depois, nas óperas de Mozart. Tanto *Don Giovanni* quanto *Idomeneo* têm momentos desses. *A flauta mágica*, que não é ópera, também tem o seu. Porém o feio, o verdadeiramente feio, o visceralmente feio, ficou reservado para o século XX. A música, que sempre achamos que buscasse expressar o belo, vestiu-se de feiúra, de desagradabilidade. Como em *Erwartung*, um dos monodramas de Schoenberg. Ou nas *Peças para orquestra op. 6* de Webern.

A doença é feia. Conheço apenas uma peça musical (e não pretendo conhecer outra) que expressa, descreve, vive o feio da doença: o *Trio para cordas* que Arnold Schoenberg compôs já no final da carreira, em setembro de 1946. A coisa toda surgiu da experiência própria. Poucas semanas antes, Schoenberg tinha sofrido um enfarte quase fatal e só retornou à vida (e cito um dos seus biógrafos) "com uma injeção diretamente no coração". Meus conhecimentos de artes médicas são poucos, mas imagino que tudo não se tenha passado como se fosse um passeio no parque. Lembremos: era 1946 e a cardiologia ainda não tinha feito os avanços que estavam reservados para depois. De qualquer maneira, o evento foi traumático para Schoenberg por duas razões: a dor física e a proximidade da morte. Schoenberg confessou a Thomas Mann que só poderia descrever o que tinha passado se fosse em música – e surgiu o *Trio para cordas*, concluído semanas mais tarde.

O *Trio para cordas* possui uma potente motivação externa a guiar sua teia rigorosamente dodecafônica: a doença, a dor física, a proximidade com os mistérios do outro lado. Tudo a percorrer a peça como um rio subterrâneo que jamais aflora. E como soa o *Trio*? Nem mais e nem menos amigável que as obras anteriores de Schoenberg; nem mais e nem menos expressionista do que suas peças expressionistas de quarenta anos antes. O feio da doença está ali, certamente, mas como alusão secreta. É uma medida da personalidade de Schoenberg que sua escolha fosse expressar através do mais absoluto rigor composicional e da mais sólida das estruturas aquilo que poderia ser desespero e revolta. A severidade do *Trio* tem a marca da inevitabilidade, da inexorabilidade, do que não volta atrás. Longe das emoções gestuais e explícitas expressadas pelo barroco, ele fascina menos por aquilo que de fato expressa do que pela maneira recolhida com que expressa o que ali está.

O século passado teve muitas oportunidades para o feio em música: o Holocausto (*Um sobrevivente de Varsóvia* de Schoenberg), a bomba atômica (*Trenodia para as vítimas de Hiroxima* de Penderecki), desastres ecológicos (*Chernobil* de Van De Vate), o terrorismo (*Elegia violeta para Monsenhor Romero* de Jorge Antunes). Destes eventos, só Hiroxima foi associada a uma obra verdadeiramente inovadora (a *Trenodia*). A peça de Penderecki só leva "Hiroxima" no título porque o compositor julgou que suas sonoridades recém-inventadas, arrancadas cruelmente dos instrumentos de corda, ficariam melhor se associadas a algo verdadeiramente cataclísmico, em vez de estarem ligadas a um título neutro como, digamos, "Peça para cordas". Essa associação fez com que a música desse um passo adiante. Eventos até então inimagináveis despertaram a necessidade de novos sons, diferentes dos que se usava até então. Novas músicas, novos "feios". É possível imaginar então que a partir daí novas sonoridades passassem a inventar novos estados anímicos. E que novos estados anímicos levassem à invenção de novas sonoridades. O ciclo parece infinito e nos vai levando para longe do falso truísmo de Stravinsky, de que a música é incapaz de expressar outra coisa senão ela própria.

O passado recém-presente

Seis horas de música

Há obras musicais que coincidem com a definição de bizarro. São obras verdadeiramente extravagantes, esquisitas. Obras que se justificam por si próprias: o seu rigor na extrapolação de limites é o seu único limite. Neste sentido, poucas obras musicais são mais definitivamente bizarras do que o *Quarteto de cordas nº 2* (1983) do nova-iorquino Morton Feldman, um único movimento com seis horas de duração.

Seis horas. Seis horas sem descanso. Um turno de trabalho árduo e que daria novo alento à medicina musical, pois, se tocado com mais frequência, certamente faria a fortuna dos traumatologistas. Morton Feldman foi um compositor que fez oposição inabalável àqueles seus contemporâneos que tratavam de pensar a música nos mínimos pormenores. Então, era Pierre Boulez para um lado, Morton Feldman para outro. Para Feldman, o importante é a chance, o som incorrupto, o inaudível, o estaticismo caótico que faz surgir mundos novos. O seu objeto no *Quarteto nº 2* é claro e irrepreensível: a transcendência em todos os níveis, começando pela mais óbvia – a transcendência do próprio tempo, levando a obra a ultrapassar todo o limite do humanamente previsível ou prontamente aceitável. E há exigências por todo lado, pois já que a música não se faz trascendente sozinha, nada acontece sem muito esforço por parte do ouvinte, sem um esforço descomunal por parte dos quatro intérpretes.

Os músicos do FLUX Quartet, responsáveis por uns dos únicos registros do *Quarteto nº 2* (em cinco CDs!), revelam que os maiores problemas de tocar ininterruptamente por seis horas (na verdade, a gravação se estende por seis horas... e sete minutos mais sete segundos) são: tensão física – braços suspensos sem apoio e sem descanso por todo o tempo, a maioria das vezes fazendo o arco roçar as cordas com um mínimo de força, problema resolvido com um condicionamento físico não muito diferente daquele de um tenista diante de um jogo de Grand Slam; tensão fisiológica – seis horas sem poder "ir lá fora", o que é resolvido com uma rigorosa dieta nas horas anteriores à performance; desidratação – nada a fazer, já que os primeiros dez segundos para tomar água surgem apenas lá no final da quarta hora de performance. Cabe perguntar: há quem toque semelhante tortura? Sim, há. Quartetos jovens e prontos a descobrirem esportes (músicas?) radicais. Vale lembrar que o Kronos Quartet, mais veterano que o FLUX Quartet, já declarou não possuir mais o condicionamento físico indispensável para enfrentar seis horas de puro Morton Feldman.

Para o ouvinte o esforço físico é infinitamente menor, mas o esforço perceptivo é imenso. Uma audição passiva ou impaciente é impossível, pois o *Quarteto nº 2* se move no seu próprio círculo temporal e uma tal audição perderia o norte logo nos dez primeiros minutos. Dizem, na verdade, que numa apresentação ao vivo algo acontece ao ouvinte entre a segunda e a terceira hora da performance. Todo um outro mundo perceptivo se abre à sua frente, dissolvendo o tempo cronométrico e fazendo com que o ouvinte penetre em sonoridades que já não são mais as de um quarteto de cordas tocando no limite do inaudível. Mas isto só pode ser demonstrado quando os limites usuais ou viáveis são extrapolados, quando o que se espera que dure quarenta minutos dura nove (nove!) vezes mais. Esta é a difícil bizarrice dessas obras musicais extravagantes, esquisitas. Não é suficiente pensá-las. Para que atinjam a transcendência que o compositor propõe é necessário que sejam tocadas e ouvidas. Custe o que custar.

Mínimos portais

Manhã, tarde, noite. Com multidões. Sem ninguém. Qualquer nova perspectiva de ângulo inédito era álibi suficiente para retornar várias vezes ao Central Park e mais uma vez adentrar *The Gates* como se fosse a primeira vez. Como não tenho nas artes plásticas um campo de batalha, acho prudente reservar opiniões estéticas para a conversa desinteressada da mesa de bar. No entanto, é inevitável o desejo de compartilhar uma impressão, nada mais do que isto. Talvez nela eu tenha descoberto, à maneira estritamente pessoal, as razões pelas quais *The Gates* tenha atraído tanta gente para dentro de um parque gelado: a desproporção, o exagero; o número de portais contados aos milhares e não às centenas, as extensões que se contam em quilômetros e não em metros. Qualquer dúvida sobre a relevância do projeto de Christo e Jeanne-Claude, passadas décadas de sua gênese, tudo se esboroa diante de tamanha obstinação. Nenhum ponto do parque ficou sem os seus portais, não houve acidente topográfico desprotegido da cor de açafrão. Eis a lição do exagero. Eis a lição obsessiva de tornar realidade proporções desmedidas, de ultrapassar o horizonte do visível, de ultrapassar a resistência dos passos. Mas esta lição de exagero obstinado, é claro, os compositores minimalistas e abstrato-expressionistas já nos tinham ensinado.

O que nos ensinaram os compositores dos tempos heróicos do minimalismo ortodoxo dos 1960? Desde *In C* de Terry Riley, de 1964, obra definidora de uma das vertentes minimalistas, já se sabe que o significado de uma peça de música poderá ser dado também através das repetições desmedidas do material musical, para além das expectativas de o quanto seria razoável que algo se repetisse. O excesso da repetição, essa insistêntica, a obstinação ultrapassam o possível e o provável, estão no bojo do minimalismo daqueles primeiros tempos. Por isso, *In C* é exemplar na sua determinação de só passar para um próximo evento musical quando todos os músicos estiverem satisfeitos (ou enfadados) com o seu número auto-determinado de repetições de um determinado evento. *In C* não é a primeira obra minimalista ortodoxa, mas é a que mais se aproxima de uma definição de dicionário para o minimalismo em música.

Uma outra vertente do minimalismo ortodoxo segue em direção semelhante, a do processo composicional apresentado ao ouvinte por completo, sem abreviações. Há aqui também uma obra emblemática: *Four organs* de Steve Reich, de 1970. Nela não há repetição que interesse mais do que observar a obstinação (de novo ela!) do compositor em apresentar ao ouvinte, por extenso, exaustivamente, sadicamente, todo o processo pelo qual vai passando um único grupo de notas ao transformar-se de uma brevíssima interjeição até uma longa e densa muralha sonora. Em música leva-se tempo para transformar algo pontual em algo perceptivelmente duradouro. Pois este tempo, na sua integralidade e sem abreviações, é o cerne da própria obra, a sua razão quase única de ser. Também aqui expectativas são ultrapassadas – ao compreender o que o compositor está fazendo, mal podemos acreditar que ele o faça sem oferecer atalhos. Ora, espera-se que a música ofereça atalhos, não faz parte de nossas expectativas assistir por inteiro ao desnudamento do processo de criação do compositor. *Four organs* nos transforma em *voyeurs* da vontade alheia, forçando-nos a compartilhar processos de tomadas de decisão que não são nossos.

Os compositores abstrato-expressionistas foram ainda mais longe. De outra forma, como será possível explicar que *For Frank O'Hara* de Morton Feldman, de 1974, dure as quatro horas que dura ou que o segundo quarteto de cordas do mesmo Feldman dure seis horas? Nestas obras não há repetição, não há processo composicional posto a nu. Há tempo. Só tempo. Tempo demarcado mais pela inexistência de eventos do que pela sua abundância. Morton Feldman é tributário de seus modelos abstrato-expressionistas, Mark Rothko e Philip Guston. Essa proximidade fez com que as lições da sua música se reavivassem diante de *The Gates*, as suas lições e as dos minimalistas. Mas há mais. Havia uma hora especialmente mágica de *The Gates*, quando um pouco depois do anoitecer já as multidões abandonavam o parque e lá ficavam os portais e os panos abandonados à sua própria solidão fantasmagórica. Vinha música de novo: era dessa solidão, desse espetáculo para ninguém, dessa fantasmagoria, que o compositor Charles Ives falava em *Central Park in the dark*. Ao ouvir esta peça orquestral de 1909 é possível concluir que, desde ali e mesmo antes que alguém tivesse pensado neles, *The Gates* já existia. Já existia essa solidão que continuará ecoando em música mesmo agora que *The Gates* pertence unicamente à memória das artes visuais.

Pianismos

Que boa parte da música do século passado é controvertida, isso nem se discute. Nunca houve uma distância tão grande entre a composição de uma obra (ou pelo menos de sua estréia) e a entrada dessa mesma obra no repertório. Demoram cada vez mais a interpretação dos intérpretes, a audição dos ouvintes, a crítica dos críticos. No seu tempo, Beethoven também foi controvertido. Mas era questão de uns poucos anos e já suas sinfonias entravam no repertório, disseminando-se pelas orquestras. Os críticos até concediam esperar antes de passar julgamento sobre o que ainda não compreendiam. Agora, quede modéstia crítica? Quede paciência? À medida que o novo século avança, mais ferrenha se torna a defesa das coisas do passado distante. De nada adiantou Debussy avisar que a poeira do passado nem sempre merece respeito. Respeita-se tudo, desde que a marca da antiguidade esteja presente, desde que não sejam necessários exercícios mais musculosos de compreensão.

Entre tantas controvérsias, há uma exceção: a música para piano, uma área nada controvertida da imensa música do século passado. Ali, ao contrário do que acontece na sinfonia e na ópera, há obras que foram entrando de mansinho no repertório e se deixaram ficar, inamovíveis. Não há pianista profissional que hoje em dia se atreva a evitá-las, mesmo que seja imprescindível, para bem tocá-las, ultrapassar a técnica que Chopin, Liszt e Brahms consagraram. Desde que o francês Maurice Ravel compôs seu tríptico *Gaspard de la nuit*, e isso não foi depois de 1908, o repertório para piano só tem feito aumentar e, com ele, aumentaram as demandas técnicas no caminho dos pianistas. Para enfrentá-las, novas soluções tornaram-se indispensáveis, e foi aí que as rotinas começaram a ser alteradas.

Gaspard de la nuit é um bom começo para os pianismos do século passado. Indo do próximo para o distante, são bem numerosas as obras um pouco mais recentes e já consagradas no repertório. Os três volumes de estudos do húngaro György Ligeti, por exemplo. Eles formam a base de uma nova técnica pianística e são um caso raro de obra das últimas décadas que já está firmemente plantada no repertório. Os *Estudos* de Ligeti vieram juntar-se a outras obras igualmente freqüentes. Os *Vingt régards sur l'enfant Jésus*, do francês Olivier Messiaen, desbravaram novos territórios de técnica com seu cristianismo exacerbado, a exigir novos dedos e novos ouvidos. Entre Ligeti e Messiaen posicionou-se, deste lado do Atlântico, o norte-americano Elliott Carter. Suas *Night Fantasies* não são exatamente uma unanimidade, mas falta pouco, na medida em que tem aumentado a sua presença no repertório. Voltando ainda mais ao passado, vamos ao encontro dos incontroversos *Prelúdios* de Debussy, aqueles mesmos que, de tão evocativos, necessitaram de uma predisposição pianística que os grandes do século XIX tinham apenas pressentido.

O pianismo do século passado tem lá os seus obstáculos a serem ultrapassados, as suas tabelas de classificação. E, como bons campeonatos de futebol, há as séries A e há também as séries B. Há todo um corpo de obras que já pertence ao repertório, sem mais debates. É nessa série A que estão Ligeti, Carter, Messiaen, Ravel e Debussy, por força das novas propostas que suas obras apresentam e que aguçaram, cada uma a seu tempo, a curiosidade dos intérpretes e a coragem dos ouvintes. Enquanto isso, a série B está abarrotada de obras menos tocadas mas que, no correr das décadas, se aperfeiçoam no afeto dos músicos.

A sonata *Concord* de Charles Ives está nesse grupo, com seus sarrafos de madeira que ajudam o pianista a domar o teclado, com seus instrumentos invisíveis ouvidos ao longe. Algo de Villa-Lobos também está por aí, é certo. Uma das duas *Prole do bebê* (quem sabe?) haverá de estar fazendo companhia às sonatas de Prokofiev, aos prelúdios e fugas de Shostakovich, ao *Ludus tonalis* de Hindemith. Ou aos *Makrokosmos* do norte-americano George Crumb, agora que foi resolvido o problema daqueles pianistas que não sabem assoviar (contrate-se um assoviador profissional, Crumb nem se importa...). E o mesmo com as muito citadas *Sonatas and interludes* de John Cage, embora os especialistas em conservação de pianos tenham horror a encher o piano com parafusos, plásticos, tocos de madeira, alterando-lhe a sonoridade como o compositor determina e quer.

A segunda divisão do pianismo do século passado é bem populosa, pois o endeusamento das coisas muito distantes deixa pouco espaço para o razoavelmente novo. Há quem tenha conquistado o seu espaço e é razoável imaginar que a vez chegará também para os pianeiros da série B. Será divertido assistir ao final da controvérsia, ao ancoramento firme no repertório, ao lançamento um pouco para escanteio dos Chopin, dos Schumann, dos Liszt, dos mesmos de sempre.

As paixões

Nem a narrativa da natividade de Cristo despertou tanto a imaginação dos compositores quanto o relato da Paixão – a traição de Judas, a última ceia, o sofrimento no horto, a negação de Pedro, a crucificação, a deposição da cruz. O texto dos evangelistas só é superado pelo Ordinário da Missa e pelas celebrações marianas; de resto, a Paixão segundo este ou aquele evangelista ainda é a principal fonte de música da liturgia cristã. Originalmente uma cerimônia luterana, catequética na sua rememoração de episódios cruciais da trajetória de Cristo na terra, a Paixão encontrou sua forma mais perfeita já em Heinrich Schütz, compositor maior da música luterana do século XVII. Cem anos depois dele, as Paixões musicais chegaram ao apogeu através de Johann Sebastian Bach. É dele a *Paixão segundo São Mateus*, desde então chamada de "A Grande". Nela, até áreas de meditação foram reservadas para que reflitamos, neste e naquele momento, sobre a narrativa evangélica.

Desde o tempo de Bach não se deixou de compor Paixões. Mesmo nos últimos trinta anos, tão agnósticos e liturgicamente tão derivativos, o relato dos evangelistas continuou apresentando possibilidades composicionais ainda inexploradas, mesmo que a Paixão tenha se transformado, de celebração intrinsecamente luterana, em evento leigo. Musicalmente, a Paixao se tornou uma possibilidade viável para que um compositor expusesse os seus idiomas bem pessoais. Foi o que fez o polonês Krzysztof Penderecki nos anos 60, aplicando à sua *Paixão segundo São Lucas* o seu tratamento peculiar dos instrumentos tradicionais. Foi também o que fez o estoniano Arvo

Pärt nos anos 80, transportando para a sua *Paixão segundo São João* um idioma musical despojado de atritos e repleto de consonâncias. As Paixões mais recentes (e mais desbravadoras) são as da virada do milênio: as de Sofia Gubaidulina (*Paixão segundo São João*), Wolfgang Rihm (*Fragmentos da Paixão segundo São Lucas*), Tan Dun (*Paixão Aquática segundo São Mateus*) e Osvaldo Golijov (*Paixão segundo São Marcos*).

A *Paixão segundo São Marcos* do argentino Golijov é a mais surpreendente. O que dizer de uma Paixão que inicia com toques de berimbau e termina com um "Kaddish", a reza judaica pelos mortos que é antípoda das rezas cristãs? O que dizer de uma Paixão cantada em espanhol, galego, latim e aramaico que soa como se tivesse vindo direto do Havana Social Club, com tintas de Gonzalo Rubacalba, Carlinhos Brown e Padre Marcelo Rossi? A distância que Golijov percorre é imensa, não tanto em relação a Bach mas em relação ao que se espera da colocação em música dos textos evangélicos. Golijov justapõe inteligentemente a *world music* e a redescoberta da música colonial latino-americana, contando que terá pela frente a disponibilidade de ouvintes em pleno ataque de culpa pós-colonialista. Os europeus, ouvindo pela primeira vez a *Paixão segundo São Marcos*, de fato encantaram-se. Para nós, latino-americanos, a *Paixão segundo São Marcos* soa bela mas sacrílega. Sacrílega não pelas torções da liturgia mas pela apropriação desavergonhada que a música de Golijov faz dos dialetos mais vernaculares, dos toques de capoeira à batucada caribenha, do merengue à escola de samba.

A face que as Paixões têm assumido em tempos recentes permite supor que a música litúrgica sobrevive, mas sob feições cada vez menos cerimoniais e cada vez mais cotidianas. Acredito que é por isso que a *Paixão segundo São Marcos* de Osvaldo Golijov seja tão desconcertante, no relato da Paixão, quanto *El Niño* de John Adams no relato da Natividade. São duas obras que, cada uma à sua maneira pós-minimalista ou pós-*world music*, prolongam a viabilidade de certos textos evangélicos como determinantes de criação musical, embora com opções estéticas que não estão acima da suspeita.

Poeta do silêncio

Quando se pensava que Olivier Messiaen já tinha dito tudo o que havia para ser dito sobre cristianismo e música, veio Arvo Pärt para mostrar que não, o assunto não estava esgotado. À diferença de Messiaen, que utilizava uma exuberância instrumental quase descontrolada para pintar sua devoção musical, Arvo Pärt utiliza o nada. Ele é o poeta do silêncio. Ouçamos a sua *Passio Domini Nostri Jesu Christi secundum Joannem* (assim mesmo, em latim!). O que dizer de uma obra em que até a duração das pausas é controlada pela pontuação da narrativa evangélica? Como reagir diante de uma obra para vozes e instrumentos na qual os instrumentos estão enterrados numa planície descampada de onde só escapam os sons vocais, onde o que se ouve – o que se deve ouvir acima de tudo – é a palavra? Quem é esse Arvo Pärt, extraterrestre caído aqui por força do acaso do século errado?

Arvo Pärt é o exemplo mais bem acabado do percurso das vanguardas musicais nestes últimos cinqüenta anos. Pasme quem o conhece só de hoje. Também Pärt começou a carreira composicional como serialista seguidor de Arnold Schoenberg. Também ele, como Prokofiev e Shostakovich antes dele, foi denunciado pelo Congresso dos Compositores Soviéticos como compositor desajustado e perigosamente transgressor. Coincidência que sua primeira obra se chamasse *Necrológio*, tão simplesmente? Esgotou-se o serialismo, esgotou-se a vanguarda para Arvo Pärt. Desfizeram-se os regimes. Amoleceram-se as instituições. Quando Pärt ressurgiu para a música soviética em 1976, já era um pouco o Pärt que ainda reconhecemos hoje. Religiosamente despido de toda vaidade sonora, pesquisador incansável do nada em música, formulador de uma estética separada da vanguarda como se por código genético. De luterano ele se tinha transformado em ortodoxo russo. De serialista ele se tinha metamorfoseado em místico.

A estética, versão anos 1970, de Arvo Pärt, auditivamente simples, sonoramente amigável, veio com nome complicado e formulação rigorosa. A *tintinabulação*, como Pärt chamou o seu idioma, vem, em imagem poética, da ressonância que fica no ar ao final de um tocar de sinos. Em formulação teórica, a *tintinabulação* é música feita a partir de um simples contraponto a duas vozes, uma voz procurando a outra, guiadas as duas pela busca da consonância, gravitando em torno dos acordes de três sons e da escala diatônica – as teclas brancas do piano, para deixar as coisas mais simples. É com esse material de embaraçosa simplicidade que Arvo Pärt vem construindo sua obra, partindo de uma miniatura para piano, *Para Alina* de 1976, para chegar ao grande painel coral, autoproclamado "história da civilização", *...o qual era filho de...*, já neste século.

No seu percurso pela simplicidade, Arvo Pärt conseguiu alguns feitos irrepetíveis. As atmosferas hipnóticas e místicas, ou místicas e hipnóticas, do seu mundo sonoro indicaram a Manfred Eicher, da gravadora ECM, a mesma que foi de Keith Jarret e Pat Metheny, a necessidade de criar uma subgravadora só para Pärt. Logo estava criada a ECM New Series, que se tem dedicado a registrar toda e qualquer nova obra de Pärt, levando de arrasto algumas outras descobertas, entre as quais o alemão Heinrich Goebbels e o francês Perotinus. Sim, aquele mesmo Perotinus dos tempos da construção da Catedral de Notre-Dame lá no século XIII. Outro feito de Pärt foi tornar-se um compositor multiplamente gravado, um dos únicos das últimas décadas a ter registros e mais registros de obras, com diferentes intérpretes de várias tendências e nacionalidades.

Para conhecer Arvo Pärt, talvez o melhor seja mesmo buscar o mais austero, o mais radical, o mais mínimo, o mais místico. Não se precisa ir mais longe do que a *Paixão segundo São João*, autêntico Arvo Pärt dos anos 1980. *Fratres*, dos anos 1970 e em várias versões, é outro bom exemplo da *tintinabulação*, pois o método de composição se revela tão sólido que uma única peça permite diferentes encarnações instrumentais, sem perder uma semicolcheia sequer de sua integridade estrutural. As peças corais também são obrigatórias. O *Kanon Pokajanen* vai encontrar Pärt em excelente forma nos anos 1990. E já que naquela década ele parece ter cansado um pouco da música coral (só compositores ingleses agüentam grupos corais por muito tempo), é útil conhecer o que ele tem a dizer sobre a orquestra de cordas. Neste caso, *Oriente & Ocidente*, inaugurando o século XXI com serenidade mística, é aposta certa. Desde a extinção da União Soviética, Arvo Pärt se tornou músico nacional da Estônia. De alguma forma, no entanto, Pärt parece transcender nacionalidades e, da posição privilegiada dos seus mais de setenta anos e com seu silêncio fora de tempo, estabeleceu-se como um dos compositores mais influentes da Europa politicamente reorganizada.

Amor de longe

Em tempos de hoje ainda não é trivial encontrar compositoras. Nem a musicologia feminista conseguiu ampliar a lista das compositoras já conhecidas. Apenas a avaliação foi alterada de alguma maneira: de Chiquinha Gonzaga a Hildegard Von Bingen, de Clara Schumann a Ruth Crawford Seeger, algumas compositoras permanecem com prestígio intacto, outras caíram no quase esquecimento. Hoje há duas compositoras de alta visibilidade, a russa Sofia Gubaidulina e a finlandesa Kaija Saariaho. Como na pós-modernidade o prestígio de certos músicos ainda é garantido pelo mesmo tipo de obra de outros tempos, Gubaidulina já compôs a sua *Paixão segundo São João* e Saariaho já estreou *L'amour de loin*, ópera que resgata o trovadorismo.

Cada compositor tem temas prediletos para transformar em ópera. O norte-americano John Adams, por exemplo, é fascinado pelos temas contemporâneos. O seqüestro de um navio de turismo por palestinos, um terremoto em Los Angeles, a visita de Richard Nixon à China. Kaija Saariaho foi ao extremo oposto, buscando na lírica trovadoresca a sua inspiração. *L'amour de loin* retoma e amplia o pouco que se sabe de Jaufre Rudel, trovador provençal, talvez partindo de uma frase de Petrarca sobre ele: "O que fez uso do remo e da vela para buscar a morte". Rudel, acredita-se que apaixonado à distância por uma dama inatingível, criou uma série de canções do amor longínquo ("amor de lonh", se diria em provençal), criando ao mesmo tempo o mito do feminino inalcançável que se mescla com a imagem da Virgem Maria, à semelhança do "feminino eternal" de Goethe. Que festa fariam os românticos do século XIX com o conceito de Goethe! Mas, para o novo milênio, novas antigas idéias.

Árias de ópera, canções trovadorescas. *L'amour de loin* de Kaija Saariaho é uma série de cenas duplas (uma para Jaufre Rudel, outra para Clémence, sua suposta amada), espalhadas por cinco atos. Entre esses personagens, há um peregrino (quase um pombo-correio), levando mensagens de um para o outro, percorrendo a ação de lá para cá. Entre poeta, amada e peregrino passam-se duas horas de monólogos amorosos que lembram o *Gurrelieder* de Schoenberg, parecença mais próxima de *L'amour de loin*. A primeira parte do oratório de Schoenberg também é uma série de monólogos/diálogos de dois amantes que se vêem, olhos nos olhos. Apenas que, na ópera de Saariaho, parece que só o peregrino vê os dois amantes.

Pode ser que *L'amour de loin* ficasse melhor em meia hora do que no seu exagero de duas horas. Mas então o efeito cumulativo emocional das canções de exaltação amorosa talvez se perdesse. E, a bem da verdade, os recursos de Saariaho são inesgotáveis. Quando a paciência do espectador vai se exaurindo porque os macetes composicionais e cênicos já se repetem, pouco a pouco vão surgindo sonoridades eletroacústicas que renovam instantaneamente a paleta sonora. É o que basta para revigorar a atenção e levar a ópera ao final. E o que acontece? Ora, Saariaho é tributária daquelas óperas francesas que mais são oratórios do que ações dramáticas. Se passa aqui o mesmo que em *Pélleas e Mélisande*. Se nos cinco atos da ópera de Debussy, como disse alguém, "nada acontece e Mélisande morre", em *L'amour de loin* nada acontece e, também cinco atos depois, Rudel morre.

Palavras são cada vez mais importantes para óperas recentes, e *L'amour de loin* tem um dos libretos mais poéticos da ópera contemporânea. O seu autor, Amin Maalouf, busca não o realismo de situação, mas sim o realismo de emoção: o enlevo da paixão, as desconfianças, as esperanças, os longes. A parceria libretista/compositora rendeu outras peças, entre elas uma outra ópera, *Adriana mater*. Com esses exemplos, já se sabe o que esperar de uma ópera de Kaija Saariaho: inação externa, turbilhões internos. Uma música que faz fronteira com o tonalismo, que se afasta da música não-tonal para buscar o arco melódico. Uma encenação despojada, um elenco reduzido. A ópera de hoje não pretende ser Verdi e está acima de Benjamin Britten. É o que se pode querer nesse gênero moribundo que se apruma e nos surpreende mostrando alguns sinais de vida bem significativos.

A morte de visita

Se nos colocamos diante de obras e mais obras musicais que tratam do tema, talvez cheguemos à conclusão que "música fúnebre" não é exatamente uma contradição de termos. Tantas têm sido as adaptações da música a cerimônias que demarcam e até celebram a extinção da vida que a contradição básica entre música e morte fica amortecida. Depois que a música meteu-se a expressar o feio, aí então nem se fala. Isto aconteceu ali por volta de Mussorgsky e de Mahler, se já não começou com Brahms. Longe de funções litúrgicas mais prementes, estes compositores dedicaram algo de sua obra (no caso de Mahler, *muito*) a refletir sobre a finitude, buscando novos meios de expressão para coisas que a música havia tratado sempre com certo recato. Sim, porque antes a morte em música era tratada com algum pudor, disfarçando uma e outra em protocolos e liturgias, às vezes até ocultando-as em simbologias.

Descontemos os inumeráveis réquiens. Há outros exemplos mais próprios da apropriação da morte como tema de inspiração musical. Há compositores verdadeiramente obcecados pela idéia da morte e cujos esforços produziram algumas reflexões bem profundas sobre a extinção dos homens e das coisas. Sempre algum poeta esteve à espreita, pois talvez seja quase impossível expressar algo de tal magnitude sem a intervenção das palavras. O russo Dmitri Shostakovich, por exemplo. Morto em 1975, ele passou boa parte dos seus últimos anos a ruminar sobre a morte, a circunstância da morte, a propriedade de colocá-la em música. Neste sentido, melhor obra não há do que a sua *Sinfonia nº 14*. Que grupo de poetas Shostakovich foi encontrar! García Lorca, Apollinaire, Rilke, cada um deles a discutir um só tema, com vários graus de explicitação ou ocultação. As palavras são envolvidas por uma orquestra de cordas ferida, de tempos em tempos, por um ou outro instrumento de percussão. A obsessão de Shostakovich com a morte rendeu-lhe outras obras e, no caso da última das suas sinfonias, um segundo infarto debilitador. Pudera, essa obra tem como idéia fixa o tema da morte, que aparece tantas vezes em Wagner.

Um exemplo bem mais recente do fascínio de compositores pela idéia de fazer da morte um mote para obras musicais são os *Quatre chants pour franchir le seuil* do francês Gérard Grisey, morto em 1998. Nesta sua última obra, textos vêm ajudar a música, tal como em Shostakovich. Mas aqui a música pertence a um outro grupo estético, a música espectral, cujos pormenores não vêm ao caso. Nem é necessário: se os esteios técnicos da música espectral são complicados, os seus efeitos estéticos são absolutamente tranqüilizadores, mesmo quando o tema é a finitude. Os cantos de Grisey na realidade são cinco – quatro para transpor a soleira e um para quando a soleira já tiver sido transposta. Os textos são de fontes diversas. Iniciam pela poesia francesa moderna, passam pela Grécia antiga e terminam no épico de Gilgamesh. O mais impressionante de todos os cantos é o segundo, "A morte da civilização", sobre um texto encontrado em um sarcófago do antigo Egito. A voz nos amedronta com sua impassibilidade ao cantar o texto. Em volta das palavras, os instrumentos tecem suas intervenções, de silêncio em silêncio, de drama em drama.

Nem Shostakovich e nem Grisey fizeram "música fúnebre" propriamente dita. O fim dos homens e das coisas também não assume neles o caráter de exaltação ou de contemplação que assume na música do francês Olivier Messiaen. Neles, o afastamento em relação às colorações litúrgicas permite objetividade e contundência no tratamento de um tema complexo em música. Suas obras são difíceis de ouvir. Não porque sua sonoridade seja particularmente áspera. Nem porque seus textos representem má poesia. Mas sim porque limites foram ultrapassados naquilo que, em todas as suas contradições, se julga que a música possa – ou deva – expressar.

Pierre Boulez aos 80 anos

A posição central que Pierre Boulez ocupa na cronologia da música do século XX faz dele a imagem mais concreta da vanguarda musical dos 1950; foi ele, de fato, quem a definiu. Suas realizações se multiplicam por muitas frentes e não se resumem apenas à composição musical. Boulez é regente respeitado, do festival wagneriano de Bayreuth ao seu próprio Ensemble Intercontemporain; é teórico de muitos livros publicados, muitos deles disponíveis em traduções brasileiras; é incentivador de organismos oficiais de música, primordialmente o IRCAM e a Cité de la Musique, ambos em Paris.

Pierre Boulez surgiu num momento em que, terminada a Segunda Guerra Mundial, a música européia decidiu que seria necessário recomeçar tudo do zero. Não apenas os inventos anteriores tinham sido insuficientes para que as tradições do século XIX fossem superadas. Eles também tinham tido sua parte nas determinantes que haviam possibilitado a ascensão do nazismo. Como conseqüência, a música das gerações anteriores teria de ser apagada, enterrada sob os escombros das cidades arrasadas do segundo pós-guerra. Foi na classe de Olivier Messiaen no Conservatório de Paris que as inovações da vanguarda dos 1950 foram geradas. Messiaen foi ele mesmo um deflagrador de processos, a partir dos *Quatro estudos de ritmo* para piano, de 1950. Esse foi também o ano da estréia da segunda sonata para piano de Boulez e da cantata *Le soleil des eaux*, suas primeiras credenciais de compositor-articulador da nova estética musical do pós-guerra.

Partindo da música de Anton Webern (mas não da de Schoenberg), Olivier Messiaen formulou nos *Quatro estudos de ritmo* uma ampliação radical do serialismo. Não só as alturas sonoras de uma peça seriam pré-ordenadas. Outras variáveis passariam por esse mesmo processo composicional e formariam o cérebro organizador a dar forma e sentido às composições. Pierre Boulez penetrou nesta nova ordem composicional que se chamou serialismo integral e compôs a peça definidora da nascente vanguarda dos 1950, o primeiro livro de *Structures* para dois pianos, não por coincidência estreado por mestre e discípulo, Messiaen e Boulez. Em *Structures*, alturas, durações, dinâmicas e ataques são organizados previamente em "ordens". O resultado traz para o primeiro plano do audível o raciocínio do compositor operando por trás da música. Logo em seguida, porém, o serialismo integral passou a propor obstáculos intransponíveis aos intérpretes e se fizeram urgentes novas transformações. Foi no âmago propositivo dessas transformações que Pierre Boulez firmou suas posições em dois ciclos de canções, um sobre poemas de René Char, *Le marteau sans maître* de 1955, outro sobre poemas de Mallarmé, *Pli selon pli*, iniciado em 1957.

Le marteau sans maître é uma das obras incontornáveis da música do século passado. É uma das obras que identifica os 1950, quem sabe juntamente a Elvis Presley e *Heartbreak Hotel*, a Karlheinz Stockhausen e *O canto dos adolescentes* ou a João Gilberto e *Chega de saudade*. A poesia de René Char fala dos "olhos puros que, chorando, buscam na floresta a cabeça habitável". A procura por "cabeças habitáveis", julgando-as vazias, é a demanda de Boulez em *Le marteau sans maître*. São quatro versões de três poemas de Char, entremeadas de comentários instrumentais, com voz de contralto, viola, flauta contralto, violão, vibrafone, marimba e percussão. A escolha de timbres favorece os registros graves de pouca ressonância, favorecendo ao mesmo tempo uma pontualidade de ataque, uma angulosidade de linha. O resultado é a sonoridade gélida que passou a identificar o som da vanguarda dos 1950. Mais do que isso, *Le marteau sans maître* propõe novas formas de relacionamento texto/música. Para Boulez, menos do que uma literalidade semântica, o texto irriga a música, sem que seja preciso compreender palavras ou frases.

As improvisações sobre a poesia de Mallarmé que integram *Pli selon pli* aprofundam essas interações entre o som instrumental e a sonoridade de palavras cantadas por voz feminina. O formato de música de câmara é abandonado em favor das proporções gigantescas dos ciclos de canções orquestrais de Gustav Mahler que Boulez tanto admira. O título *Pli selon pli* vem do poema arqui-simbolista *Rememorações de meus amigos belgas* de Mallarmé e, como a pedra no poema que lhe dá origem, também a música de Boulez se "desnuda dobra após dobra". São incessantes nela as elocubrações sobre a natureza da música dos anos 1950, sobre a permanência da poesia simbolista na música francesa, as interações possíveis entre palavra poética e som musical. São tantas, de fato, as elocubrações, que *Pli selon pli* só atingiu uma versão final em 1989, com versões intermediárias que alguma vez foram consideradas como definitivas. Percorrer as metamorfoses deste "Retrato de Mallarmé" é uma lição prática sobre o processo compositivo e também uma demonstração do descompromisso de Boulez com a obra acabada. Parece que tudo nele é um trabalho em construção, suas obras são páginas permanentemente em construção. Parece que nele a vitalidade do processo de tomada de decisões composicionais reside precisamente no constante repensar, no implacável reescrever, na busca pelo compasso final inatingível.

O percurso de Pierre Boulez na música pós-1945 guarda certa semelhança com a de Igor Stravinsky pós-1918. Como seu antecessor, Boulez também parece ser um compositor de poucas obras, principalmente estes dois ciclos de canções sobre Char e Mallarmé. Mas tal como em Stravinsky, a sua obra composicional ultrapassa o que aparece à primeira vista, escondendo um impulso composicional para adiante que, à maneira de Stravinsky, chega a ser beethoveniano. A percepção que se tem de Boulez como compositor de poucas obras se origina na coincidência entre a estréia de *Pli selon pli* e sua emergência como regente de orquestra. Primeiro foi a orquestra da BBC de Londres. Depois foi a titularidade na regência da Filarmônica de Nova York, para horror de Leonard Bernstein, seu antecessor imediato. Em seguida, foi a regência da montagem de Patrice Chéreau para o centenário de *O anel do nibelungo* de Wagner no Festival de Bayreuth, um carnaval gaulês em pleno *circus maximus* da música germânica, em 1976.

O prevalecimento da posição de regente sobre a de compositor se fortaleceu ainda mais a partir de uma circunstância fortuita. A morte de Leonard Bernstein em 1990 deixou a gravadora Deutsche Grammophon sem sua estrela principal. Bernstein viera preencher o vácuo deixado pela morte de Herbert von Karajan e agora cabia a Boulez estender o seu repertório e transformar-se na figura de ponta da gravadora. A partir daí, os seus registros construíram um corpo de referência interpretativa da obra sinfônica de compositores emblemáticos da música discursiva do século passado: Mahler, Debussy, Schoenberg, Stravinsky, Bartók. O próprio Boulez viu aí a oportunidade para se transformar em intérprete principal de sua obra, regravando com o Ensemble Intercontemporain versões definitivas de todo o seu catálogo musical, superando registros mais antigos ou versões já descartadas.

Um outro desvio a retirar o foco de atenção da música de Boulez para reassentá-lo na oficialidade francesa foi a criação do IRCAM (Instituto de Pesquisa e Cordenação Acústica/Música) de Paris em 1974. Gêmeo do Centro Pompidou, o IRCAM é o seu contrário. O Pompidou é arquitetura visível no cenário urbano de Paris. O IRCAM é subterrâneo e inexiste como depoimento arquitetônico. Dele só são visíveis os respiradouros e a longa escada que conduz às entranhas onde está o centro de pesquisa que deu novo alento à música eletroacústica. Dali têm saído algumas das inovações mais definitivas na interação computação/música, principalmente no que diz respeito à manipulação computacional do som em tempo real. Boulez aposentou-se do IRCAM em 1991 e partiu para novo empreendimento, a Cité de la Musique de Paris. Já então o consenso que havia cercado o IRCAM se dissipara: havia reclamações de que nada se podia fazer em música em Paris sem o beneplácito de Boulez, numa reprodução do monopólio de Lully no barroco francês do século XVII.

A percepção de Boulez como compositor de poucas obras concretizou-se através desta multiplicação em diversas atividades. No entanto, a realidade é que Boulez tem hoje uma obra que supera a totalidade da obra de Anton Webern, um de seus modelos. Mas ao contrário de Webern (embora coincidindo com seu mestre Olivier Messiaen), as músicas de Boulez são de largas dimensões, intensamente congestionadas de movimento, numa constante ampliação do "delírio organizado" sobre o qual Boulez teoriza em um dos seus escritos sobre palavra e música. A obra musical de Pierre Boulez se estende a partir da estréia de *Pli selon pli* por dois campos principais, a música orquestral e a música de câmara, ambas com ou sem voz, com ou sem manipulações informáticas. Duas obras servem para negar a opinião recorrente de que Pierre Boulez não é, em realidade, um compositor e que seu valor de músico residiria em peças compostas há cinqüenta anos. Aí estão, em partitura e em registros sonoros, *Répons* de 1984 e *Sur incises* de 1998.

Répons é, no contexto da estética bouleziana, o exemplo mais bem acabado da interação entre instrumentos tocados ao vivo e a manipulação, em tempo real, de suas sonoridades. A peça é longa e tem momentos de deslumbramento instrumental que desdizem da frieza ou da inflexibilidade de um Boulez que se quer racional e inexpressivo. A própria entrada do eletroacústico aos sete minutos da peça demonstra essa expressividade imprevista que retoma a expressividade quase baiana que se esconde sob a sonoridade gélida de *Le marteau sans maître*. Esse mesmo encantamento é potencializado em *Sur incises*, ampliação em dez vezes de uma minúscula peça para piano solo, transformando-a em longuíssimo combate entre três trios: três pianos, três harpas e três percussões. A rapidez do discurso musical em *Sur incises* é idêntica à rapidez do discurso verbal do Pierre Boulez conferencista. Há uma confluência nestas duas circunstâncias do som musical e da palavra falada – a velocidade do que é dito reproduz a velocidade do que é pensado.

Entre os compositores que surgiram na vanguarda da música pós-1945 e que, na realidade, a criaram, há nomes inevitáveis. Há os italianos Luigi Nono e Luciano Berio e há o próprio Olivier Messiaen, cuja música surgiu antes da Segunda Guerra mas que depois lançou bases muito sólidas para a vanguarda. Dos compositores não-mortos, há Karlheinz Stockhausen, o mestre da música eletroacústica dos 1950. Mas desde há muito Stockhausen transformou-se em caricatura de si mesmo e deixou de ser levado a sério. Sobrou então Pierre Boulez. Pela sua abrangência e sua permanência, determinantes para a música pós-1945, pelo que tem escrito em palavras e em música, pelo que tem operado como regente e empreendedor, Pierre Boulez se coloca não apenas como nome de frente das últimas décadas, mas como compositor que ombreia no mesmo patamar de excelência daqueles compositores que ele vem revivendo em gravações e concertos. Por isso, há que se ouvir e ler Pierre Boulez. Sem isso, não se chegará nem perto de desvendar os muitos mistérios que a música da segunda metade do século passado ainda conserva inexplorados e dos quais muitas vezes Boulez foi o inventor solitário.

György Ligeti aos 80 anos

Falemos a verdade: a música de György Ligeti, compositor nascido num enclave húngaro da Transilvânia em 27 de maio de 1923, só foi revelada ao mundo através de *2001: uma odisséia no espaço*, de Stanley Kubrick, em 1968. Pouco importa que a música tivesse sido apropriada indevidamente e que os direitos autorais só viessem a ser pagos após longa batalha judicial: foi no aparecimento do monolito na aurora do homem, foi numa cratera da lua à procura de sinais de inteligências extraterrestres, foi no portal das estrelas com o astronauta David Bowman, que ouvimos pela primeira vez a música de Ligeti. É pena que a atualidade de *2001* se tenha apagado, ainda mais diante do que realmente aconteceu em 2001. Mas assim se apagaram também as associações indevidas da música de Ligeti com a ficção científica e as viagens interplanetárias. Hoje, aos oitenta anos do compositor, podemos ouvir sua música pelo que ela realmente é: o transporte da matéria musical para uma quase antimatéria musical, a substituição dos sons previsíveis por sons recém-imaginados. Para Ligeti, o seu portal das estrelas foi se lançar a aventuras e a novas aventuras sonoras, buscando músicas que permanecem música mesmo na ausência dos "universais da música".

György Ligeti surgiu depois de Stockhausen e Boulez, até mesmo depois de Xenakis. Sobrevivente intelectual de três regimes totalitários, o nazista, o stalinista e o húngaro-soviético, ele chegou tarde à Europa ocidental e assim não pôde pertencer ao círculo de Olivier Messiaen, que a partir do final da Segunda Grande Guerra tinha dado nova forma à música nova com serialismos e pós-serialismos. Suas amizades logo passaram a incluir Boulez e Stockhausen, e ele escreveu algumas análises reveladoras da música desses dois. Os seus começos ocidentais se deram na música eletroacústica, longe das estrituras do serialismo dos 1950, mas foi a estréia de sua primeira obra orquestral de grandes proporções que lançou a sua música para o campo do impensável, abrindo espaço entre as vanguardas. *Aparições*, de 1960, aponta novos caminhos (mais do que caminhos, mundos!) composicionais e estéticos. Seria possível dizer que a estréia de *Anaklasis* de Krzysztof Penderecki, também em 1960, tinha proposto caminhos semelhantes. Mas é que a música de Penderecki evaporou-se rapidamente em neo-romantismos, enquanto a de Ligeti concretou solidamente o espaço aberto através de uma seqüência de composições consistentes e rigorosas, ao término da qual ele havia se tornado a voz mais potente da geração pós-Stockhausen. Esta seqüência inclui *Atmosphères* (1961), *Aventures et nouvelles aventures* (1962-65), o *Requiem* (1963-65), *Lux Aeterna* (1966) e *Lontano* (1967). Todas elas foram apropriadas, de uma ou de outra maneira, por Kubrick em *2001: uma odisséia no espaço* e em *O iluminado*.

Em termos de material composicional, estas peças baseiam-se na micropolifonia, técnica específica de Ligeti que pode ser descrita como se pertencesse à tecelagem: inúmeros fios instrumentais ou vocais se entrelaçam, construindo uma textura cuja densidade impede que os componentes individuais sejam discernidos. Na música de Ligeti o contraponto é microscópico e, mesmo que ativo em suas linhas internas, aparece diante do ouvinte como uma textura da qual estão ausentes a melodia, o pulso, os temas, o próprio passar do tempo. *Atmosphères*, por exemplo, inicia com um aglomerado de 59 notas diferentes que se mantém inalterado por quase um minuto. Os sons estão tão próximos uns dos outros que é impossível distingui-los. O efeito sonoro resulta naquilo que se chamou, por falta de termo menos poético, de "galáxias sonoras". Até a impressão de movimento desse primeiro minuto de *Atmosphères* é uma miragem sonora: são os instrumentos que se alternam imperceptivelmente, não são as notas que mudam. O ápice da micropolifonia é o *Requiem*, obra sinfônico-coral trágica nascida da observação atenta da pintura de Bosh e Brueghel.

As primeiras obras "ocidentais" de Ligeti, de tão marcantes, poderiam funcionar como as obras de juventude de Stravinsky, lançando um cone de sombra sobre suas obras posteriores e obscurecendo-as quase à invisibilidade. Não é o que acontece: a seqüência de obras seminais ultrapassa o período de *Atmosphères* e prossegue de surpresa em surpresa nos anos seguintes. Os ímpetos para as composições são os mais variados: um desenho ensandecido de Escher e eis o *Concerto duplo para flauta e oboé*. Um ensaio de Karl Popper sobre filosofia da ciência e eis *Clocks & Clouds*. A cidade californiana de San Francisco e eis a exuberância sensual de *San Francisco Polyphony*. O minimalismo de Terry Riley e Steve Reich e eis o minimalismo "a la Ligeti" de *Monumento-Auto-retrato-Movimento* para dois pianos. À medida que o ímpeto composicional se alimenta daquilo que o compositor percebe à sua volta e à medida que ele aceita a inspiração externa como ímpeto plausível, as suas indagações estéticas se reformulam; sempre numa espiral ascendente, os problemas composicionais são continuamente retomados e reinterpretados.

O acúmulo das novas obras de Ligeti nos anos 1970 evita a dispersão que o remeteria ao anonimato e revela um compositor de rara consistência na aceitação do poliestilismo como rigorosa solução estética. O processo de contínua metamorfose dessas obras faz com que a micropolifonia se transforme em música microintervalar. Depois, a obssessiva repetição rítmica do mais autêntico minimalismo substitui a ausência de pulsações das primeiras obras. Tudo parecia se projetar para uma obra única e de grandes proporções, talvez algo que fosse a enciclopédia pessoal dos processos composicionais de Ligeti. A grande obra surge: a ópera *Le Grand Macabre*, baseada num texto de Michel de Ghelderode, estreada em Estocolmo em abril de 1978. A espiral composicional, no entanto, mais uma vez girou sobre si mesma: para contar a história de Nekrotzar e sua corte, Ligeti aproveitou pouco de suas obras anteriores. O que se encontra em *Le Grand Macabre* é um idioma estranhamente harmônico, dentro do qual até o tonalismo, anátema da vanguarda dos anos 1950, está presente.

Paul Griffiths observou em 1983 que tudo o que Ligeti escreveu depois de *Le Grand Macabre* é como se tivesse sido escrito "depois do dia do juízo final, no mesmo crepúsculo cinzento do final da ópera, com o mesmo uso inquietante de acordes familiares e com o mesmo desconforto da objetividade". Mas, àquela altura, Ligeti tinha escrito apenas um punhado de novas obras depois de *Le Grand Macabre*. Ninguém, nem mesmo os seus biógrafos, poderia prever o que se seguiria nos anos 1980 e 1990. Não era possível prever que os planos para uma ópera sobre *A tempestade* de Shakespeare seriam substituídos por planos para uma provável versão operística de *Alice no país das maravilhas* de Lewis Carroll. Também era imprevisível o mergulho de Ligeti nas "formas sagradas" da música acadêmica que resultou no *Concerto para piano e orquestra* (1980-88), no *Concerto para violino e orquestra* (1989-93) e na *Sonata para viola solo* (1991-94). Como diz Richard Steinitz no seu estudo definitivo sobre a vida e a música de Ligeti, todas estas obras "adentram um território de novos 'passatempos' composicionais – música étnica, polimetria, sistema temperado, matemática fractal, o ostinato lamentoso – ou resultam de um interesse renovado nos antecedentes clássicos e húngaros de Ligeti". Isso demonstra que a investigação musical de Ligeti é incessante, o que é confirmado pelos *Estudos para piano*, derradeira obra, abrangente e vasta nas suas proposições estéticas e na sua formulação de princípios composicionais. Os dois primeiros livros reúnem quatorze dos *Estudos* escritos desde 1980. Mas os *Estudos* prosseguiram e finalmente foi publicado o terceiro livro, colocando um ponto final na obra musical de György Ligeti. Esse livros representam, juntamente com a obra pianística de Olivier Messiaen, a contribuição mais significativa de um compositor da segunda metade do século XX à literatura do piano.

Em 1999, Ligeti esteve presente à estréia alemã do último filme de Stanley Kubrick, *De olhos bem fechados*, como convidado da viúva do cineasta. Novamente Kubrick tinha recorrido à sua música, para potencializar a angústia das cenas em que Tom Cruise percorre as ruas de uma Nova York fictícia à procura de não se sabe bem o quê. Para isso, Kubrick utilizou um único movimento da *Musica ricercata* para piano, escrita em 1953 sob a ditadura stalinista, e que Ligeti afirma ter sido escrita "para mim mesmo, como uma faca na alma de Stalin". Esquecidos todos os inconvenientes judiciais de *2001*, a presença de Ligeti na estréia de *De olhos bem fechados* foi emblemática. Em *2001: uma odisséia no espaço*, Kubrick tinha revelado ao mundo um compositor praticamente desconhecido. Mas em *De olhos bem fechados*, Kubrick e Ligeti são dois gênios que dialogam, posicionados no mesmo patamar, donos da mesma estatura, mirando as mesmas linhas de convergência. Hoje é impossível ignorar as inúmeras contribuições de György Ligeti à incansável metamorfose da música da segunda metade do século passado. Ele foi um dos grandes da música, com uma obra vasta atrás de si e um incansável seguir-à-frente quase beethoveniano.

Berio

Por uma dessas ironias inexplicáveis, na semana em que György Ligeti completava oitenta anos, Luciano Berio nos deixou. Berio, o inventor da música pós-moderna. Música pós-moderna? Bem, se pensarmos que pós-modernismo em música é o despudor de juntar disparates, então a *Sinfonia* de Luciano Berio, lá dos idos de 1968-69, é o seu início. Vejamos: o nome "sinfonia", àquela altura em desuso. Orquestra de dimensões mahlerianas e oito vozes. Os Swingle Singers. Uma dedicatória a Leonard Bernstein. Cinco movimentos. O primeiro: *O cru e o cozido* de Lévi-Strauss colocado em música. O segundo: um lamento pelo assassinato de (e as vozes vão balbuciando cada letra do nome de) Martin Luther King. O terceiro: *O inominável* de Samuel Beckett, indicações musicais gritadas pelas vozes, palavras de ordem dos estudantes parisienses em revolta, dezenas de fragmentos musicais de Bach a Stockhausen, tudo grafitado sobre a superfície de um *scherzo* de Mahler. O quarto: portas se fecham, vozes sussurram. O quinto movimento: a sinfonia é repetida como se uma patrola poderossíssima tivesse compactado os movimentos numa distorção pavorosa. Gosto de pensar que isso é o pós-moderno em música. Como o *Álbum branco* dos Beatles. *Electric Ladyland* do Hendrix. A tropicália. Os *Hinos* de Stockhausen. Os *Four Organs* de Steve Reich.

Luciano Berio fez coisas antes e fez coisas depois da *Sinfonia*. Tanto quanto ela, é a seqüência de *Sequenzas* a que mais identifica Berio como "Berio, o grande". Se Beethoven e Liszt criaram novos limites para a técnica instrumental, então as

Sequenzas ampliaram até o limiar do inumano a técnica de quinze instrumentos: flauta (a primeira *Sequenza*, de 1958), harpa, voz feminina, piano, trombone, viola, oboé, violino, clarinete, sax-alto, trompete, violão, fagote, acordeão, violoncelo. No mesmo fôlego das *Sequenzas*, o obituário de Berio no *New York Times* menciona com insistência uma das suas obras derradeiras, *Cronaca del Luogo*, parente de outras quatro óperas que incluem parcerias com Italo Calvino e Umberto Eco. Todos temos direito a nossas preferências e também tenho as minhas: se escolhesse uma única obra de Berio para companhia eterna, por certo escolheria *Epifanie*, um ciclo sinfônico de, por assim dizer, "canções", e que tem de tudo – da indeterminação ao tonalismo, de Marcel Proust a Bertolt Brecht.

Tive dois encontros memoráveis com a obra de Luciano Berio. Anos atrás, ouvi uma das suas Charles Eliot Norton Lectures em Harvard, no célebre ciclo de conferências que anos antes havia originado a *Poética musical* de Stravinsky & Roland-Manuel. Junto com as palavras, a música: a *Sequenza I* para flauta e a *Sequenza IXb* para saxofone, tocadas ao vivo como moldura da conferência que Berio extraíra de uma única frase do último movimento do *Pierrot lunaire* de Schoenberg: "poeira antiga de tempos fabulosos". E, como intérprete, uma vez alcancei um objeto musical de desejo ao tocar a parte de piano numa performance da *Sinfonia*. Foi nos meus tempos de estudante no exterior. Num dos ensaios, um dos cantores do Electric Phoenix, grupo vocal que participava da performance, se aproximou e perguntou se eu sabia que os pianistas geralmente caíam em prantos diante das dificuldades técnicas do solo do piano no quinto movimento. Ora, se não soubesse, àquela altura já teria descoberto. Hoje, quando retorno aos enigmas daquela página, me pergunto como uma vez consegui ultrapassar todas aquelas dificuldades técnicas, a velocidade, os saltos. Só encontro uma explicação: adrenalina estética. O prazer de conhecer por dentro a obra maior de um compositor que eu havia admirado por décadas e de quem devo dizer, como disse há pouco de Ligeti: esse foi um dos grandes da música.

Babbitt aos 90 anos

Milton Babbitt fez noventa anos em 2006. Quem? Milton Babbitt, o mais mal-humorado dos compositores do século XX. Pode-se dizer "compositor do século XX", sem medo das generalizações, pois Babbitt é daqueles compositores longevos que atravessam gerações e fases estilísticas. Com mais de setenta anos de atividade produtiva, Babbitt surgiu em meio à polêmica nascente entre neoclassicismo e dodecafonismo, passou pelos rigores estruturais dos anos 1950, viu surgir o pós-modernismo dos 1960 e foi dar às margens do século presente, no qual as barreiras, de tão fluidas, parecem indicar que tudo é permitido. Nesta jornada de décadas, Babbitt não parou de compor nem por um minuto. Sua composição mais recente, de 2006, é tão rigorosa quanto a primeira, de 1935, detalhada ao fundo da mais profunda minúcia composicional, exigente para quem ouve, muito mais para quem toca. Uma música quase intratável.

A pecha de mal-humorado colou-se a Milton Babbitt por força de um artigo publicado em 1958 e que, no calor de violentas divergências entre público e compositores, tinha o atrevimento de perguntar, já no título, "quem se importa se vocês ouvirem?". Acusado de inimigo absoluto das platéias e mesmo que o título não fosse dele, a fama de mal-humorado não largou mais o compositor, atingindo também a sua obra. Bem recentemente, Babbitt ainda via-se obrigado a dizer que o título tinha sido menos um capricho pessoal do que um truque editorial para vender revistas: "Mas é claro que eu me importo se vocês ouvirem! Acima de tudo, me importo *como* vocês ouvirem!"

Lendo hoje o artigo, com cinqüenta anos de distanciamento, é possível entrever uma série de verdades cheias de boas intenções obscurecidas por um título bombástico. Toda a fama de mau humor vem, na realidade, de um erro de conhecimento, pois *Quem se importa se vocês ouvirem?* é um de tantos exemplos de textos célebres que muitos discutem mas poucos leram.

A certa altura do seu artigo, Babbitt chega a tangenciar um tema candente na música daquele tempo: a substituição do intérprete humano pela fita gravada e pela computação sonora. Foi naqueles anos 1960 que Babbitt se transformou no fundador, pesquisador principal e compositor mais respeitado do Centro de Música Eletrônica das Universidades Columbia-Princeton. Imaginem: se tratava de compor música utilizando um sintetizador que possibilitasse ao compositor criar sons a partir do nada, no mais das vezes sons que nunca existiram antes ou de outra forma. A obra-prima do período veio logo em 1964: *Philomel*, união bem-vinda da voz humana com os sons sintetizados.

Hoje, quando se fala em sintetizador, pensa-se num objeto com o máximo de portabilidade. Não era o caso do monstro no qual Babbitt trabalhava. Localizado num velho tambo da rua 125 em Nova York, o lendário sintetizador RCA ocupava uma sala imensa e ainda está lá, no mesmo lugar e desativado. Quando fui prestar minhas homenagens a esse dinossauro da tecnologia musical dos anos 1950, descobri, entre emocionado e divertido, que hoje ninguém mais se atreve a sequer ligar o monstro, na ameaça sempre presente de que todas as ligações elétricas do prédio (senão do quarteirão inteiro e do metrô que passa embaixo) explodam, numa cadeia nada musical de eventos.

A carreira composicional de Milton Babbitt é uma aventura: até um musical da Broadway ele compôs, e a música de câmara foi o seu território de trabalho nos anos que precederam os experimentos com o sintetizador RCA. Depois, quando se esgotou a novidade tecnológica, houve o retorno à música acústica. Um outro compositor norte-americano, igualmente longevo e produtivo, é citado sempre que se cita Babbitt: Elliott Carter. É que ambos, Babbitt e Carter, são mesmo os compositores mais inflexíveis que a música do século passado produziu, mais ainda do que Arnold Schoenberg, seu modelo mais próximo. Esses dois arquimodernistas fazem demandas improváveis para o intérprete – ninguém consegue tocar uma de suas peças sem uma grande concentração espiritual e bom preparo muscular para atender os impulsos mais sutis – e para o ouvinte – ninguém ouve Babbitt e Carter impunemente, pois, ouvidas dez vezes, cada peça ainda parecerá novíssima em seus segredos quase inescrutáveis. Tamanho rigor composicional encontra sua justificativa no próprio Babbitt e nos faz retornar ao seu *Quem se importa se vocês ouvirem?*. Ali ele lança uma das questões fundamentais do modernismo: "O que pode contribuir mais para o nosso conhecimento de música senão uma composição genuinamente original?". É por isso que Milton Babbitt, aos noventa anos, ainda estréia composições. Com muito pensar. E sem parar.

II

Brasilidades

Chico Buarque das canções

Lembro quando Chico Buarque surgiu. Amanheci tarde para a bossa nova, perdi o seu apogeu e nem me dei conta dos seus estertores. Então, no início da ditadura, havia toda uma confusão de repertório à minha volta, simbolizada pelas canções da peça *Opinião* e seus temas políticos difusos. Foi em algum momento da segunda metade de 1966 que comecei a ouvir repetidamente, em todo lugar, *Pedro pedreiro* ("...esperando o sol, esperando o trem, esperando o aumento para o mês que vem..."). Pois não é que até o incendiário Flávio Cavalcanti, nos seus programas porta-vozes da ditadura, achava "aceitável" a mensagem política daquela letra? Mas *Pedro pedreiro* me pareceu muito mais que isso. Ali estava finalmente a recuperação da imbricação indissolúvel entre letra e música que sempre caracterizara a canção brasileira e que se perdera um pouco naqueles anos de indefinição. Finalmente os temas praieiros excessivamente localizados estavam sendo abandonados, recuperando também o foco social afiado que tinha sido a característica, muitas décadas antes, de Noel Rosa.

Logo depois veio a explosão de *A banda* no Festival da Record de outubro de 1966. Aqui se ouvia os festivais pelo rádio, naquele tempo. A torcida era feita na ausência da imagem, e naquele ano era especialmente difícil torcer, optar entre a mensagem panfletária, em letra, música e queixada de burro, de *Disparada* de Geraldo Vandré, e a inocência suburbana de *A banda*, com Nara Leão e tudo. Primeiro lugar repartido entre as duas canções, dias depois chegaram as imagens do festival e Chico Buarque começou a ganhar um rosto. Não apenas um, pois vieram logo dois: o primeiro vinil surgiu com dois Chico Buarque na capa contra fundo azul. Entre as canções, a Rita "que levou meu sorriso no sorriso dela" e um aviso neo-Noel: "Tem mais samba no som que vem da rua". Tudo confirmando a recuperação da tradição da canção brasileira de temática social, urbana e suburbana, terrosa, de cimento armado e sentimental.

O lançamento do segundo vinil demorou uma eternidade de poucos meses para quem estava atento e curioso para descobrir quem era, na realidade, o bom moço Chico Buarque, vencedor de festivais, participante do *Essa noite se improvisa* televisivo, já anunciando a unanimidade que logo viria. Um ano depois, veio o "Volume 3" e, nele, a Carolina que "guarda tanta dor nos olhos fundos" e também a acidez de *Roda-viva* ("faz tempo que a gente cultiva a mais linda roseira que há, mas eis que chega a roda-viva e carrega a roseira pra lá"), primeira fissura no bom-mocismo. Nesse terceiro vinil dialogavam a bossa nova moribunda e a música popular brasileira nascente, depois de alguns confrontos entre um e outro. Mas a ditadura afiava seus dentes.

Os anos de bem-estar de letra e música foram dilacerados com dois golpes certeiros. O primeiro golpe: os ataques à peça *Roda-viva* por um autodenominado "comando de caça aos comunistas" em julho de 1968 em São Paulo, repetido, semanas depois, em Porto Alegre. Quase autobiográfica, a estréia de Chico Buarque no teatro descrevia o progressivo dilaceramento de um bom moço pelas armadilhas da fama, quase reproduzindo o *Rei da vela* de Oswald de Andrade numa versão modernizada da antropofagia. O segundo golpe: o surpreendente primeiro lugar de *Sabiá* no Festival Internacional da Canção de 1968, misteriosa *Sabiá* de Tom e Chico que por detrás de um apelo aparentemente, e meramente, ecológico falava, em realidade, das "noites que eu não queria", das palmeiras e das flores "que já não há". A simpatia governamental pelo porta-voz da canção acabava aí, poucas semanas antes do AI-5.

Nesses anos entre 1966 e 1968 houve um tumulto na canção brasileira que não seria mais repetido. Rapidamente a indefinição marcada pelos afro-sambas de Baden Powell e Vinicius de Moraes ou pelos refrões cruamente panfletários da denúncia social feita à distância (como o "nordestismo" de *Opinião*) foi substituída pela clareza de uma canção que definiria o significado original de "música popular brasileira". Em seguida, esta mesma música popular brasileira foi colocada em cheque pelas forças opostas da Tropicália e da Jovem Guarda. Finalmente, todas elas foram empurradas em maior ou menor medida para o exílio interno e externo ou para os mistérios do sumiço simples da prisão sem denúncia. A canção brasileira pós-bossa-nova nasceu e chegou à idade adulta em pouquíssimos anos através dos jornais, dos festivais, da televisão e apesar, cada vez mais, da repressão institucionalizada. Quando Chico Buarque lançou o seu vinil com *Construção* em janeiro de 1971, depois do auto-exílio na Itália, a música popular brasileira mudara e se preparava para enfrentar os embates com a censura que caracterizariam os anos seguintes.

A canção de Chico Buarque, que é a canção que define "música popular brasileira", pode ser bem descrita. Antes de tudo, há a indissociável união de letra e música, característica de tantas canções pelo mundo afora, mas sempre específica de autores/cantores de aguda consciência social. É o caso de Joan Manuel Serrat ou Lluis Llach na Catalunha, Pete Seeger ou Bob Dylan nos Estados Unidos, Angelo Branduardi na Itália. É justamente da Itália que vem a melhor definição para estes músicos. São os *cantautori*, compositores que cantam eles próprios as suas criações dando-lhes sua melhor voz. Basta ver o modo com que Chico Buarque interpreta suas canções e compreende-se logo o que é um *cantautor* – poucos gestos faciais, nenhum movimento físico desnecessário, toda expressão surgindo de boca e voz. A melodia é portadora do texto, mas este não existe sem aquela. Esta união esconde a riqueza infindável de soluções harmônicas, de giros melódicos insuspeitados, que caracteriza a canção da música popular brasileira. Assim como as letras têm espesso significado semântico mas guardam sempre os limites da compreensibilidade, assim as melodias são imediatamente "cantáveis", sem que se perceba suas sofisticações. Este modelo da canção urbana brasileira vem de longe no tempo. É urbana porque é nos centros urbanos que se concretiza. É brasileira porque seu alcance é nacional, com pouquíssimas barreiras regionais. Não é canção "popular" porque nem suas origens e nem seus receptores se particularizam neste ou naquele segmento social. Suas origens são socialmente mais disseminadas, seus receptores são muito mais difusos do que os quereriam os teóricos. A unanimidade em torno de Chico Buarque vem daí, deste modelo quase atávico de canção que nos remete à década de 1920 e a Noel Rosa, mas que ultrapassa o modelo original ao depurar seus componentes estruturais, letra e música, seus conteúdos semântico e sônico. Essa depuração está também na agudeza da observação crítica da realidade social e nos matizes que às vezes transferem esta denúncia para o território do sentimental.

Lembro da canção brasileira dos anos 1970, ao tempo de *Apesar de você* ("você que inventou a tristeza, ora, tenha a fineza de desinventar"). Havia uma luta incessante contra a censura oficial, cuja violência se manifesta, para mim, em três situações-símbolo. Uma delas é o vinil *Milagre dos peixes* de Milton Nascimento, impedido de circular com suas letras, das quais não sobrou muito mais do que Clementina de Jesus cantando "volto do trabalho, êêê" e um garoto repetindo "meu nome é Pablo". Outra situação-símbolo são as duas palavras cortadas a navalha da trilha de *Calabar*, peça que Chico Buarque escreveu em parceria com Ruy Guerra: "sífilis", pelas suas múltiplas conotações, e "duas", para evitar a sugestão de lesbianismo em "vamos ceder, enfim, à tentação das nossas bocas cruas e mergulhar no poço escuro de nós duas". Ainda outra situação-símbolo é o aparecimento de um certo Julinho da Adelaide num vinil, *Sinal fechado*, em que Chico Buarque se viu obrigado a gravar apenas canções de outros, já que suas próprias criações não furavam mais o bloqueio oficial. Julinho da Adelaide surgiu aí: era o próprio Chico Buarque travestido de sambista driblando a censura, clamando: "Acorda, amor, são os homens e eu aqui parado de pijama, eu não gosto de passar vexame, chame o ladrão!".

Como não há mal que sempre dure, a luta contra a censura começou a ser vencida em 1977, quando Elis Regina conseguiu gravar a letra integral de *Caxangá* de Milton Nascimento e Fernando Brant, lá do *Milagre dos Peixes*. Foram muitos os desmandos, foram imensos os danos. Mesmo assim, Chico Buarque aparece sorridente em 1978, de cabelo engomado, na capa de um novo vinil. Dentro, porém, é desfechado o golpe mais contundente contra a repressão, *Cálice*, e nela se encerram as fases de juventude e de primeira idade adulta de Chico Buarque. O apogeu do período vem também em 1978, com a estréia da *Ópera do malandro* no Rio de Janeiro. Há de tudo nesta partitura para teatro musical que depois virou vinil duplo, filme e, muito mais tarde, novamente teatro musical. Há desde o despejo sentimental que é marca de uma vertente da canção brasileira ("oh, pedaço de mim, oh, metade amputada de mim") até a sátira que vem do teatro de revista ("joga pedra na Geni, joga bosta na Geni!"), passando pela releitura do samba-canção-bolero dos anos 40 ("mas na manhã seguinte não conta até vinte, te afasta de mim, pois já não vales nada, és página virada do meu folhetim"). Nem bem se completavam quinze anos de carreira musical e o primeiro acerto de contas de Chico Buarque com sua própria história está terminado, o que é assinalado por uma sintomática troca de gravadora em torno de 1980.

Em *O país da delicadeza perdida*, especial para a televisão francesa de 1990, Chico Buarque comenta o quanto o Brasil viera se modificando desde os tempos da (relativa) inocência bossa-novista, tornando-se quase irreconhecível em múltiplas violências. É o que acontece, tal e qual, com as canções que ele produziu a partir dos anos 1980. Neste período Chico Buarque foi perdendo a eterna juventude para ser suplantado, como convém ao passar do tempo, pelos mais jovens. Se suas canções parecem perder força diante da vitalidade dos novos movimentos, por outro lado se adensaram em precisão de denúncia. Da realidade imaginada ou idealizada que marca muito do repertório anterior, Chico Buarque saltou para o avesso das meias palavras e das metáforas sempre que se tratasse de, se não denunciar, assinalar uma violência. Assim é que *Almanaque*, o vinil de 1981, traz *O meu guri* e, em 1984, *Chico Buarque* traz *Brejo da cruz*. São duas canções que representam o melhor da vertente de denúncia. *O meu guri* é a canção mais crua de Chico Buarque sobre a violência urbana ("e ele chega estampado, manchete, retrato com venda nos olhos e as iniciais; eu não entendo essa gente, seu moço, fazendo alvoroço demais, o guri no mato, acho que tá rindo"); *Brejo da Cruz* confirma uma visão contundente das mazelas cotidianas que explodiram num Brasil em descontrole ("a novidade que tem no Brejo da Cruz é a criançada se alimentar de luz, alucinados, meninos ficando azuis e desencarnando lá no Brejo da Cruz").

Da violência urbana para os assentamentos agrários foi um passo e logo Chico Buarque estava compondo *Assentamento* para *Terra*, livro do fotógrafo Sebastião Salgado sobre os migrantes e seus movimentos, os quais ainda vestiam certa máscara romântica palatável aos da cidade. O amolecimento de repertório dos anos seguintes, do samba-exaltação à homenagem ao futebol, ainda guarda certa dose de choques (como em *Paratodos* de 1993), mas as canções de Chico Buarque foram ficando cada vez mais à distância, diversificando temas e alcances, surgindo a cada par de anos em novos discos, como era esperado de alguém que veio se tornando porta-voz de uma nação-em-canção. Tal como toda aquela geração ultrapassada pelas invenções musicais dos anos 1980 e 1990, também Chico Buarque tornou-se instituição nacional, mas sem transformar-se em caricatura de si mesmo como tantos outros que não evitaram a polêmica fútil e o debate desnecessário. Ele segue sendo um fabricante de canções e é através delas que ele se manifesta, de tempos em tempos, sobre temas tão variados quanto lhe permite a realidade à qual ele está – como sempre esteve – atento.

As canções de Chico Buarque provavelmente não são nem boa poesia nem boa música, se tomados estes elementos em separado. Isto porque poesia e música só encontram justificativa quando unidas uma à outra, só existem plenamente na presença indispensável uma da outra. Mais do que no texto de teatro lido fora da realidade da cena, ou do roteiro de cinema lido fora da realidade da imagem na tela, a canção urbana tem esta característica de simbiose que é só sua e que permanece como sua marca distintiva. Chico Buarque é o nosso mestre nesta união que quase submergiu na inovação da canção não-discursiva ou não-melódica que surge a partir dos anos 1980. A unanimidade em torno de Chico Buarque não é mais do que isso, o reconhecimento a um fabricante de canções que vem lendo e relendo as realidades brasileiras, tal como elas se apresentam em sua multiplicidade, em letra e música. Há compositores que vendem mais discos. Há compositores mais polêmicos. Há até compositores que imitam Chico Buarque. Mas é em Chico Buarque, lembrando a primeira vez que ouvi *Pedro pedreiro* em 1966, que encontro permanência no que faz e diz e longevidade no seu olhar arguto sobre os Brasis. Pois através de Chico Buarque e de suas canções urbanas brasileiras temos ido longe. Através dele temos aprendido constantemente a repensar quem somos.

Radamés Gnattali

O triunvirato da modernidade na música do Rio Grande do Sul surgiu no início do século passado: Armando Albuquerque em 1901, Luiz Cosme em 1908, Radamés Gnattali em 1906. Os três pertenceram ao mesmo contexto social, compartilharam o mesmo meio cultural, tiveram a mesma formação acadêmica naquilo que Porto Alegre poderia oferecer naquele tempo (se não era muito, também não era pouco, se considerarmos que Guilherme Fontainha era o professor de piano mais ilustre da cidade). Os três compositores formaram-se como multiinstrumentistas, bem antes de sequer pensarem em compor, o que acabou acontecendo, quase por mandato inevitável, ao final dos anos 1920. A partir daí, instalava-se a modernidade musical nos pagos, ainda dominados pelo que de pior o amadorismo operístico poderia oferecer, pelo que de mais escolástico a formação acadêmica poderia ordenar.

Não se trata de estabelecer comparações entre Radamés Gnattali, Luiz Cosme e Armando Albuquerque. Poucas vezes três compositores compartilharam o mesmo meio de vivência e de formação e mesmo assim resultaram tão diferentes nas escolhas pessoais que fizeram, nos caminhos composicionais que percorreram. Luiz Cosme foi o mais ferrenhamente modernista dos três, aderindo ao Música Viva de Hans Joachim Koellreutter, com tudo o que isto significava para marcar posição na música brasileira. Armando Albuquerque foi também, à sua maneira antropofágica, modernista de primeira hora. Instalou-se em Porto Alegre e ali se deixou ficar até 1975, quando começou a sua exposição nacional. Assim como os outros dois colegas, Radamés Gnatalli também subiu para o centro do país no final dos anos 1920. Fez carreira no Rio de Janeiro, adonou-se da música popular, compôs chorinhos e sinfonias como se fazer uma e outra coisa fosse normal numa época em que os preconceitos eram mais fortes do que a evidência estética.

Há um traço comum entre os três modernistas rio-grandenses. Tênue, é verdade, mas denotativo do próprio momento que viveram enquanto não tomavam seus próprios caminhos: todos eles se aproximaram do regionalismo com maior ou menor grau de literalidade. Não precisamos ir tão longe quanto o bailado *A salamanca do jarau* de Luiz Cosme. Basta ficar no exemplo do poema *Oração da estrela boieira* de Augusto Meyer, colocado em música tanto por Armando Albuquerque quanto por Radamés Gnattali. A versão de Gnattali é de 1931, a de Albuquerque é dos anos 1940, o que talvez explique a diferença de enfoque. Para Gnattali, o tema campeiro de Augusto Meyer motivou uma canção semi-estrófica em que aparecem até os contracantos em terças maiores e menores, quase um *topos* da música gauchesca. Era época do nascimento do regionalismo no Rio Grande do Sul (se diria até no Brasil, nos rastros dos modernismos dos 1920). A canção de Gnattali explicita o regional e mantém pulso rítmico constante do início ao fim.

A *Oração da estrela boieira* de Albuquerque trata de outro assunto: refletir as imagens poéticas em imagens sonoras que escapam do regionalismo mais explícito. A época é outra, os 1940 da canção de Albuquerque. Abrandou-se o regionalismo, desapareceu a necessidade do explícito para dar lugar à expressão pessoal do compositor, puxando as referências que lhe pareçam mais apropriadas. Uma vez fiz, por carta, uma referência excessivamente crítica à canção de Gnattali para Armando Albuquerque. Ele me respondeu em seguida: "Achei interesante o comentário que você faz a respeito da diferença de estilos entre a música do Radamés e a minha, e não desfaço em nada a seriedade com que o meu amigo Gnátali procura abordar o problema da regionalidade da nossa música, sem descurar de uma boa e clara escrita musical".

Lembrei então que Albuquerque sempre me tinha dito que Radamés Gnattali era o melhor entre todos os daquela geração de músicos rio-grandenses (e porto-alegrenses): "Era o melhor de nós", não se cansava de repetir. Ainda nos idos dos 1920, Albuquerque tinha dedicado obras a Gnattali, que, cinco anos mais moço, se preparava para uma carreira de consolidação vertiginosa e de respeito duradouro que o levou da Rádio Nacional à Rede Globo, de Orlando Silva a João Bosco, de Tchaikovsky a Ernesto Nazareth. A admiração de Armando apoiava-se numa evidência incontornável: a "boa e clara escrita musical" que existia tanto na composição própria quanto no arranjo musical que fornecia luz para o brilho dos outros.

A última vez que vi Gnattali foi em Porto Alegre mesmo. Ele tinha retornado para reger uma de suas sinfonias. Assistindo a ensaios e apresentações, me dei conta de que o respeito de Albuquerque pelo seu colega compositor era justificável sem grandes discussões: ali estava um artesanato composicional de fazer inveja, um manejo idiomático dos instrumentos sinfônicos exercido por alguém que tinha na composição e no arranjo musical partes integrais do seu dia-a-dia. Era bom ouvir aquela música, mesmo num tempo em que os ecos da vanguarda musical européia ainda ressoavam fortes, como se fosse pecado mortal cometer qualquer coisa que se aproximasse do tonalismo e da melodia cantável. O que importa? Ali estava a música de Radamés Gnattali, compositor brasileiro acima de tudo.

Vale a pena procurar a música sinfônica e camerística de Radamés Gnattali em qualquer registro que esteja disponível. Serão encontradas ali excelentes amostragens de gêneros musicais e de manejos de linguagem, traçando um percurso por sinfonias, brasilianas, trios, concertos, concertinos e suítes.

Já para o Radamés Gnattali arranjador, bastam dois exemplos. Um é de 1937, o arranjo de *Lábios que beijei* para Orlando Silva, com flauta e violoncelo em posição de destaque numa pequena intrusão da música de câmara na canção de três minutos que fazia a glória do rádio e do disco 78 rotações. O outro, quase quarenta anos depois, é o arranjo para *Rancho da goiabada* de João Bosco e Aldir Blanc no antológico *Galos de briga* de João Bosco. São dois exemplos do arranjo musical brasileiro na sua melhor roupagem. Como compositor de painéis sinfônicos, Gnattali ombreia com Camargo Guarnieri, Guerra Peixe e Francisco Mignone. Mas como arranjador, ele foi o fundador, o solidificador, o continuador de uma tradição que se mantém até hoje e que passa, é óbvio, por Tom Jobim e Wagner Tiso. Gnattali foi o líder, no entanto, dos tempos heróicos do rádio dos anos 1930 até a direção musical das telenovelas da Globo dos anos 1980.

Dos três fundadores do modernismo musical rio-grandense, Radamés Gnattali foi o que teve a carreira mais disparatada. O disparate está na diversidade dos gêneros nos quais ele mergulhou de corpo e alma. O disparate está no artesanato exercido na potência máxima das possibilidades. O disparate está no desprezo aos preconceitos, fazendo com que o Radamés sinfonista se aproxime do Vinicius de Moraes poeta. Ambos foram sempre imprevisíveis em suas metamorfoses e se deixaram extravasar dos ternos e gravatas das categorizações oficiais. Vinicius, de poeta, transformou-se em letrista de canção. Radamés Gnattali, de acadêmico, transformou-se em chorão. Um manejando palavras, o outro manejando pautas, ambos corporificaram esta simbiose úmida de opostos que é a cultura brasileira. Bom que assim seja, pois com Radamés Gnattali estamos diante de alguém que jamais compôs algo que não tivesse, repetindo ainda uma vez Armando Albuquerque, “uma boa e clara escrita musical”.

Armando Albuquerque

O compositor Armando Albuquerque foi o antropófago da Cidade Baixa, o bairro dos espíritos iconoclastas de Porto Alegre. Pois quando o *Manifesto Antropofágico* de Oswald de Andrade despertou discussões acaloradas na Página Literária do *Diário de Notícias*, Armando Albuquerque logo entreviu a chance de fugir das músicas pré-fabricadas para inaugurar o seu próprio estilo. Um estilo apenas presumido no *Pathé-Baby* para piano de 1926 – considerado o seu "opus 1" –, mas que logo explode nas pecinhas do final dos anos 20 (por que "pecinhas"? Porque "quando não tenho mais nada a dizer, eu paro" – afirmava ele): *Uma idéia de café*, *Noite bárbara* e *Chourâma* ("qualquer cousa de tropical ambiente rude cheio de poesia brasileira"), *Seis impressões de 1928*, *Mosso* (para ser tocado "com mossidade, p. ex., eu sou um homem mosso, i.é., na flor da idade"), *Chopp*, *A mastigação do bárbaro* ("Cantilena ou *Moto non perpetuum* ou a mulher do bárbaro embalando o filho mas não se ouve porque ele mastiga muito forte"). Resultantes da luta de Armando Albuquerque *contra* o piano, cada pecinha guarda uma porção de violência e de novidade que em tudo lembra a poesia dos modernistas antropofágicos.

Foi com suas "pecinhas" que Armando Albuquerque começou a se tornar inesquecível. Fazendo uma música agressiva como nunca se tinha ouvido antes, nem aqui e nem em outro lugar, fugindo da ópera italiana malcantada e da música de câmara francesa da pior espécie que se praticava aqui para fundar um estilo "armândico". Brasileiro, indígena e amazônico. E rio-grandense. Mais não tivesse feito e teria bastado a

Armando Albuquerque aquele punhado de epigramas musicais exuberantes para firmar sua individualidade. Uma individualidade paralela à de outro porto-alegrense, Augusto Meyer, com quem eram compartilhadas longas caminhadas e igualmente demoradas reflexões sobre o poetar e sobre o musicar. A inspiração muito particular de Armando Albuquerque veio destas caminhadas noturnas, dos cafés e da poesia, não veio da música das salas fechadas – em mais de um sentido fechadas.

O enredamento de Armando Albuquerque com os modernistas prosseguiu para além dos anos 20. Vieram as canções da década de 40, para colocar por extenso os modernistas em música. Augusto Meyer em música: *Oração da estrela boieira*, *Clic-clic*, *Sapo*, *Ar*, *Lua boa*, *Órbita*. Athos Damasceno em música: *Bar*, *Beco do Império*, *Ilhota*, *Reflexos n'água*, *Serenata dotrefoá*. As canções são um marco na obra de Armando Albuquerque por redirecioná-lo para a música, ele que estava a ponto de desistir dos sons para se dedicar aos desenhos (mas que receberam um rude desincentivo de um dos críticos de plantão de um dos jornais locais). Depois, por trazer para a sua música a possibilidade de uma estrutura mais discursiva, ultrapassando as dimensões minúsculas das primeiras peças. Tudo isto culmina na *Tocata* de 1948 ("a minha obra mais alta", dizia Armando). E tivesse ficado ali, Armando Albuquerque teria ficado bem, de igual para igual com os outros dois grandes de sua cidade: Radamés Gnatalli e Luiz Cosme.

Ultrapassados os momentos críticos, a vida de compositor de Armando Albuquerque entra na plena maturidade dos anos 50 e dos cinqüenta anos. Com a solidificação do estilo "armândico" (pessoal e, por coincidência, inovador), Armando Albuquerque distende o seu idioma para refletir o próprio crescimento musical da cidade. As orquestras porto-alegrenses se tornam uma realidade. São a um só tempo deficientes e heróicas. Os grupos de música de câmara também, a reboque das orquestras. Para o compositor, hora de penetrar em áreas ainda inexploradas. Assim foi: ao longo de trinta anos, a maturidade musical de Armando Albuquerque se expressa em obras verdadeiramente monumentais: a *Suíte breve* para orquestra (cuja única partitura, para pânico do compositor e dos que o cercavam, esteve momentaneamente perdida entre Brasília e Porto Alegre), a *Música para violoncelo e piano*, o *Trio nº 3 para piano, violino e violoncelo*, a *Evocação de Augusto Meyer* em suas duas versões (uma para orquestra, a outra para piano, ambas retratando em música o perfil longilíneo do poeta), o *Caleidoscópio* para orquestra, a *Peça para piano 1964*, a *Sonatina para flauta e piano* (com o seu terceiro movimento que reproduz o ritmo característico da retórica de Leonel Brizola). E a *Ópera da lua*, música para teatro infanto-juvenil baseada em Jacques Prévert e deixada incompleta (foi um dos filhos de Armando Albuquerque, Alberto, que ao fazer um comentário de passagem sobre as bonitezas que o compositor estava tocando ao piano – e eram passagens da *Ópera da lua* – convenceu Armando a retomar uma partitura abandonada há tempos para dar-lhe nova e definitiva forma; mas não houve tempo para terminá-la).

Tudo o que Armando Albuquerque produziu em música, e a maneira isolada como produziu, conquistou para ele um lugar certo na música rio-grandense e um reconhecimento nacional que o coloca entre os "compositores independentes" nos vários livros sobre a música brasileira do século XX, entre eles o tratado definitivo de José Maria Neves sobre a "música contemporânea brasileira". O reconhecimento também é internacional: Armando Albuquerque conquistou o seu lugar como verbete da edição mais recente do *Grove Dictionary of Music and Musicians*, que nos seus 29 volumes é, de todos os dicionários de música, o mais consultado mundialmente. Mas há mais.

Armando Albuquerque foi professor de composição. As suas composições podiam ser secretas (ele as divulgava pouco, sempre temeroso que os intérpretes entendessem mal as suas idéias e deixassem de realizá-las), mas tudo o que ele aprendeu no próprio trabalho de construção de uma obra musical sólida foi transmitido aos seus alunos da Universidade Federal do Rio Grande do Sul, onde trabalhou do final dos anos 60 até quase o seu falecimento, em 16 de março de 1986. Foi professor de harmonia, de fuga e de contraponto. Mas a sua contribuição mais definitiva foi como professor de composição e de laboratório experimental de música, disciplinas em que o seu contato com o pensamento dos alunos (e o contato destes com o pensamento que Armando Albuquerque mais revelava em palavras do que em música) se fazia de maneira mais direta, numa relação de total desprendimento.

Um dos truísmos de Arnold Schoenberg, também ele professor de composição, é que "para saber compor, é suficiente saber ouvir". Armando Albuquerque interpretou a frase à sua maneira. Numa época em que ser professor de composição no Brasil era moldar os alunos a um único modelo, à imagem e semelhança do professor e de suas crenças (resultando muitas vezes numa absoluta inutilidade composicional), Armando Albuquerque parece ter chegado à conclusão de que "para ensinar a compor, é suficiente saber ouvir". Ouvir a individualidade de cada aluno, respeitando-a e fazendo com que o aprendiz de composição florescesse dentro de seus próprios propósitos. Para todos os que fomos seus alunos, esta terá sido a contribuição mais permanente. Se a princípio desorientadora pela ausência de normas rígidas a serem obedecidas sem discussão, logo a meta do professor se aclarava e o trabalho prosseguia rápido, resultando em obras tão individuais e personalistas quanto as pretendia o mestre. É por isso que os alunos de Armando Albuquerque abrigam ainda hoje estilos distintos mas que se entrecruzam, dando prosseguimento ao seu despudor estilístico.

As contribuições de Armando Albuquerque para a música brasileira do século XX foram peculiares e duradouras, como professor e (voltando à porção mais fundamental da sua atividade) como compositor. Os seus ensinamentos adquiriram permanência no modo como indicaram aos seus alunos procedimentos musicais – e éticos – no tratamento da criatividade. Quanto à sua música, ela se revela nova sempre que é ouvida, como se ela se construísse ali mesmo, diante de nossos ouvidos, mostrando um pensamento composicional certo de si e que sempre sabe aonde chegar. São muitos os imprevistos, são muitas as surpresas – as ciclotimias, mesmo – nas obras de Armando Albuquerque. Mas o ponto de chegada é sempre o mesmo: um estilo personalista que se iniciou antropofágico mas que logo se tornou, e assim permaneceu, "armândico". Palavras não o explicam; só os sons o justificam. Por causa deles, Armando Albuquerque será sempre um modelo ao qual retornar, quando for necessário constatar, ainda uma vez, a viabilidade do individual em música.

Canções e poetas

Este é o tempo da estética do frio. Ou da Estética do Frio. O tempo dos cheiros misteriosos de Porto Alegre em maio, o tempo em que não está propriamente frio mas a umidade enregela, os morros da cidade podem ser encobertos pela névoa em plena tarde, as ruas se multiplicam à noite, quando o asfalto está molhado. A Estética do Frio foi pensada por Vitor Ramil no final dos anos 80 e desde então está em contínuo processo. Ela se origina numa imagem campeira ao ar livre, mas logo encontra o seu eco urbano nas imagens das cidades do pré-inverno, seja Pelotas ou Porto Alegre. Houve um tempo em que estas imagens foram muito cantadas pelo poetas porto-alegrenses, descrevendo uma cidade às vezes fantasmagórica ou, pelo menos, habitada por personagens fantasmagóricos, evanescentes como a névoa imprevista de algum final de tarde.

As paisagens misteriosas de maio estão nos versos de Athos Damasceno ("...se ao menos a calma que anda agora nas casas tristes e fechadas me dissesse: 'Amigo, vamos embora!'...") e também nos versos de Augusto Meyer ("...ficou mais longe, muito mais longe a distância. Recolhimento. Que silêncio pela estrada..."). Estes dois poetas esquecidos fazem lembrar algo fundamental que também marca a Estética do Frio: a fidelidade de compositores a poetas. Ou a fidelidade de um compositor aos seus poetas: raramente alguém foi tão fiel aos seus versos de referência como Armando Albuquerque (ele mesmo por muito tempo habitante de um bairro mítico de Porto Alegre, a Cidade Baixa) a Athos Damasceno e Augusto Meyer. Abrindo o catálogo de canções de Armando Albuquerque – o mais modernista dos compositores modernistas brasileiros – os títulos surgem nas suas referências pré-invernais: *Oração da estrela boieira, Lua boa, Serenata dotrefoá, Alto da bronze.* Para colocar em música estes versos, lá pelos idos dos anos 40, Armando Albuquerque teve de encontrar um idioma próprio, contradizendo a sua própria música dos anos anteriores. Antes, ele fazia epigramas. Já nas canções ele constrói músicas discursivas, traduzindo com precisão o percurso sonoro das imagens poéticas e produzindo uma simbiose que os poetas não poderão ter previsto.

Essas canções pré-invernais e pré-Estética do Frio (mas que já fazem parte dela por antecipação) estão dormentes, hoje. Mas não é porque ninguém as cante que elas tenham cessado de existir. Estão apenas escondidas, aguardando que os rio-grandenses, tão volúveis nos seus gostos, se dêem conta do que estão perdendo enquanto não as ouvem e não as cantam. E mais ainda: a fidelidade do músico ao poeta, de Armando a Athos e de Armando a Augusto, se transformou num dado tão importante da música acadêmica rio-grandense, que foi reproduzida em outra simbiose, a de Bruno Kiefer com a poesia de Carlos Nejar, muito depois. Entre as tantas palavras-chave que identificam a Estética do Frio, "fidelidade", assim conceituada, poderia ser mais uma delas. Enquanto a Estética do Frio segue em processo e enquanto as canções do passado estão dormentes, devem existir outros poetas à espera de músicos. E devem existir outros músicos à procura de poetas. É um exercício de curiosidade, então, prever o que estes encontros não-realizados produzirão, se algum dia a música do presente voltar a encontrar a palavra do presente.

A música viva de Koellreutter

A morte de Hans Joachim Koellreutter encerra um longo parágrafo na história da música brasileira. Longo e influente parágrafo que acompanhou com exatidão as renovações e as inovações, as polêmicas e os debates, as músicas e as novas músicas que vieram formando o nosso Brasil sonoro, de Villa-Lobos a Tom Jobim, de Tom Zé a Cláudio Santoro. Nesse parágrafo, entre o primeiro modernismo brasileiro da década de 1920 e a evaporação das polêmicas nos anos 1970, Koellreutter se posiciona como um divisor de águas e foi assim que muitas vezes o caracterizei, até mesmo em sua própria presença e com sua concordância. Houve, de fato, uma música brasileira antes e depois de Koellreutter, antes que ele chegasse ao Brasil em 1937 e depois do estabelecimento do seu movimento Música Viva em 1938. Toda a história brasileira de Koellreutter está delineada com precisão na biografia definitiva do compositor alemão e de sua intervenção no meio tropical. Ainda à disposição nas prateleiras das livrarias, *Música Viva e H. J. Koellreutter – movimentos em direção à modernidade* de Carlos Kater é um documento indispensável em que se lê que o Música Viva de Koellreutter foi movimento pioneiro de renovação, com três frentes de ação: formação (de compositores e platéias), criação (da chamada "nova música") e divulgação (das "novas músicas" que o movimento gerava ou atraía para seu centro gravitacional).

Iniciou-se com a presença de Koellreutter a segunda fase do modernismo musical brasileiro. A primeira fase vinha dos "tempos heróicos" do modernismo de 1922 e tinha como seu núcleo duro as teorizações de Mário de Andrade e as composições de Camargo Guarnieri e Francisco Mignone. A segunda fase, delimitada pelo Música Viva, desdobrou-se em manifestos, programas de rádio e estréias de composições. Koellreutter foi o seu centro e em torno dele estiveram desde a primeira hora Cláudio Santoro e César Guerra Peixe, para citar os compositores mais vistosos. A chegada de Koellreutter ao Brasil coincidiu com a conclusão da primeira fase de êxodo das modernidades, em fuga de uma Europa crescentemente dominada por regimes totalitários (nazismo, fascismo, franquismo...) avessos à pretensa degeneração da arte e pretendendo a extinção total do pensamento dissidente. A vinda de Koellreutter para o lado de cá do Atlântico seguiu o exemplo de outras travessias: Schoenberg e Stravinsky aos Estados Unidos, Manuel de Falla à Argentina. De todos, Koellreutter foi o que mais rapidamente se integrou à cena sonora local, conduzido pelas mãos de Luiz Heitor Correa de Azevedo, musicólogo e pesquisador incansável que lhe abriu as portas (e os ouvidos) da realidade musical do Brasil dos anos 1930.

A segunda fase do modernismo musical brasileiro foi marcada pela polêmica. Acostumado à música francesa e ao operismo italiano, o Brasil conhecia mal a modernidade germânica, os caminhos tortuosos do expressionismo, as propostas estruturais do serialismo. Foi através de Koellreutter que esse modernismo musical pré-Segunda Guerra Mundial aportou no Brasil, abrindo uma fenda na dominância absoluta da estética que havia sido proposta por Mário de Andrade e que Camargo Guarneiri vinha transformando em (boa) música. Começaram aí as polêmicas, os diz-que-me-disse, e logo se passou da fofoca ao desaforo, do desafeto às cartas abertas na imprensa. Todo o tumulto projetou-se com vêemencia até os "incidentes" de 1950/1951: a "Carta aberta aos músicos e críticos do Brasil" de Camargo Guarnieri, acusação ao "pernicioso trabalho que os adeptos do Dodecafonismo vêm desenvolvendo no Brasil", e a subseqüente "Carta aberta aos músicos e críticos do Brasil. Resposta a Camargo Guarnieri" de Koellreutter: "A luta contra essas forças que representam o atraso e a reação, a luta sincera e honesta em prol do progresso do humano na arte é a única atitude digna de um artista".

Vistas com a vantagem do retrospecto, as cartas abertas podem ser consideradas apenas como documentos da época em que as vanguardas musicais européias também começavam a agir. No entanto, o efeito paralisante que tiveram sobre a produção musical brasileira dos anos seguintes não nos permite essa leveza de pensamento. O acirramento do debate entre duas facções antagonistas e incomunicantes impediu a música brasileira de seguir como quisesse seguir e motivou até o aparecimento de mediocridades abrigadas no bojo de ideologias vazias. Embora as polêmicas se extinguissem já no início dos 1970, os seus efeitos foram duradouros e ainda hoje ecoam no meio acadêmico brasileiro. Apesar disso, muitas exegeses dos documentos formadores do pensamento musical brasileiro dos 1950 e 1960 têm sido feitas. Hoje, o consenso é que nacionalistas e internacionalistas (Guarnieri de um lado, Koellreutter de outro) nem eram tão distantes assim em ideologia e estética e nem deixavam de se encontrar em alguns pontos de concordância. Esta é a visão hoje. Não foi assim durante décadas.

A trajetória de Hans Joachim Koellreutter ultrapassa em muito os manifestos que ele fomentou, as polêmicas que alimentou, os debates em que se meteu. Amainadas as tormentas, veio para o primeiro plano o seu traço mais distintivo, o de professor de música, o de formador de gerações de músicos das mais diferentes extrações, quer pertencessem ao acadêmico, quer pertencessem ao vernáculo. Foi assim que boa parte da música brasileira de hoje passou pelos seus ensinamentos, muitos deles recolhidos em *Introdução à estética e à composição musical contemporânea*. A ação de Koellreutter sobre o Brasil musical transbordou os limites da polêmica estéril e transformou-se em formação do próprio pensar nacional. Dois traços pedagógicos são o seu maior legado: o de jamais se aferrar a dogmas sem os questionar incansavelmente e a recomendação, a ser exercida sem concessões, de compor nos limites imponderáveis da individualidade criativa.

Quanto à sua música, o tratamento absolutamente tropical das estrituras do dodecafonismo na música dos seus discípulos mais chegados "tropicalizou" Koellreutter. As experiências em Nova Délhi e em Tóquio completaram um afastamento definitivo em relação a Berlim e fizeram com que a partir de meados dos 1960 suas obras tomassem novo rumo. Quando voltou definitivamente ao Brasil em 1975, depois de mais de dez anos de ausência, Koellreutter encontrou a música brasileira em fase de superação da paralisia das décadas passadas. O Koellreutter que a música brasileira reencontrou era um criador inquieto de uma música extraordinariamente quieta. A estética de Koellreutter, que havia sido a do choque, se transformara em reflexão, em pensamento meditativo, avesso ao "valetudismo" que ele via como marca deletéria do pós-modernismo. Foi esse Koellreutter em constante metamorfose que nos deixou há poucos dias, permitindo – agora que já se foram todos os da sua geração – que se reflita serenamente e com distanciamento sobre tudo o que se passou. Koellreutter deixa uma rica herança de desafios e de constante mutação, fazendo como se fosse dele (e nossa) a máxima beethoveniana e schoenberguiana de que, se algo ainda não existe, então a música haverá de criar.

Modernistas

Outro dia, um motorista de táxi me perguntou se eu sabia onde ficava a rua Ronald de Carvalho. Eu não sabia. Rapidamente, ele passou então a explicar como tinha descoberto a localização exata da rua e a descrever o seu entorno urbano, com minúcias de paisagem. Normalmente, a descoberta de que desconheço um endereço em Porto Alegre me causa certa irritação pois, porto-alegrense convicto há mais de cinqüenta anos, não concebo admitir que a cidade cresceu para além de meus limitados conhecimentos de geografia urbana. Mas desta vez não houve tempo para irritação, pois logo baixou à minha volta uma certa névoa de reminiscência. Ronald de Carvalho, poeta. Ronald de Carvalho, parceiro de Heitor Villa-Lobos nos tempos heróicos do modernismo brasileiro, lá pelos anos 1920. Não, a rua eu não sabia encontrar. Mas o poeta eu localizava com precisão, tanto gosto dos seus versos para uma obra misteriosa de Villa-Lobos, os *Epigramas irônicos e sentimentais.* A respeito desta obra, há uma pergunta que sempre faço e para a qual nunca obtive resposta: como é possível que, ao ter nas mãos uma obra de autêntica extração modernista como os *Epigramas*, o compositor tenha resolvido não mostrá-la na Semana de Arte Moderna de 1922?

Há uma explicação possível: os catálogos de Villa-Lobos registram os anos de 1921 e 1923 para a composição dos *Epigramas irônicos e sentimentais*. Então talvez a obra ainda não estivesse totalmente terminada para a Semana de Arte Moderna, a qual – talvez até por isso – teve a música numa posição subsidiária, quase decorativa. Mesmo assim: que oportunidade perdida de fixar-se como compositor modernista ao lado de um poeta que também despontava como modernista! Perdendo a chance de uma estréia na Semana, os *Epigramas irônicos e sentimentais* se esconderam no catálogo de Villa-Lobos, deixando de ocupar até mesmo o seu lugar devido entre os bons exemplos da canção de câmara brasileira. O gênero pode ser aparentemente modesto, a canção para voz e piano, mas na falta de orquestras que tocassem bem a sua música e de conjuntos de câmara que ocasionalmente substituíssem os quartetos de Beethoven por algum quarteto nativo, foi na canção de câmara que inumeráveis compositores brasileiros passaram da adolescência para a idade adulta musical.

Os anos 1920 foram cruciais para Villa-Lobos. Ele começou a década como compositor local e a terminou como compositor integrado ao exotismo francês e, portanto, com o seu trabalho plenamente validado pelo elogio estrangeiro que sempre soa bem aos ouvidos locais. Nos anos de entrechoque entre galicismos e modernismos, os *Epigramas irônicos e sentimentais* mereciam mais do que o silêncio. Ali, entre os poemas em francês e em português de Ronald de Carvalho, Villa-Lobos vai se livrando dos aromas franceses que pairavam sobre a avenida Rio Branco para conquistar uma floração desorganizada, caótica, exuberante. Não é só: os *Epigramas* servem de ponte entre o *Quarteto (Impressões da vida mundana)* de 1921 e o *Noneto (Impressão rápida de todo o Brasil)* de 1923. No primeiro, Villa-Lobos foi francês olhando a França passar pela janela carioca. No segundo, já em Paris, Villa-Lobos foi visceralmente brasileiro.

Às vezes, um compositor muda de pele quase da noite para o dia. Outras vezes, é possível observar a mudança de pele numa mesma obra, como acontece nos *Epigramas irônicos e sentimentais*, parceria ilustre da primeira hora do nosso modernismo musical. E quanto à rua Ronald de Carvalho, agora já sei onde fica, tantas foram as explicações minuciosas daquele motorista de táxi. Mas não me perguntem se em Porto Alegre existe uma rua Heitor Villa-Lobos. Ainda não procurei e, portanto, ainda não descobri. Por enquanto bastam as reminiscências despertadas pelo nome do poeta.

Balés Russos

Relendo a *Paulicéia desvairada* de Mário de Andrade reencontrei o fragmento de um poema favorito, *Paisagem nº 2*:

Grande função ao ar livre!
Bailado de Cocteau com os barulhadores de Russolo! Opus 1921.
São Paulo é um palco de bailados russos.
Sarabandam a tísica, a ambição, as invejas, os crimes
e também as apoteoses da ilusão...
Mas o Nijinsky sou eu!
E vem a Morte, minha Karsavina!

É bom ver uma cidade se abrindo para a modernidade. É bom ver um poeta fascinado pelos símbolos da modernidade. Os barulhadores de Russolo. Luigi Russolo, o compositor futurista que, hipnotizado pelos conceitos de Marinetti, se propôs a compor música só de ruídos. Música tocada pelos seus barulhadores em pleno apogeu do "ruidismo", lá nas bandas do início do século. Jean Cocteau. O poeta, dramaturgo, cineasta, pintor, libretista que flanou sobre a cultura francesa de depois da Primeira Guerra Mundial.

O poema de Mário de Andrade fala de bailados russos. Não são outros que os *Ballets Russes*, os célebres, notórios, escandolosos e modernos Balés Russos que alteraram os rumos da dança moderna na sua curta vida de vinte anos, 1909 a 1929. Os Balés Russos que eram uma pirâmide de influência começando no empresário Serguei Diaghilev e seguiam ladeira abaixo, arrebanhando quem se dispunha a colaborar. Coreógrafos, bailarinos, libretistas, artistas plásticos, *designers* de alta costura, compositores. Como diria Picasso certa vez, "Diaghilev é muito gentil conosco, quando precisa de nós...". Este "nós" pode ser lido como um catálogo da arte moderna. De Picasso a Matisse, de Nijinsky a Balanchine, de Stravinsky a Manuel de Falla, todos foram pedir a benção aos Balés Russos. Acredito que só por acidente Villa-Lobos deixou de compor algum balé amazônico para a mais exótica das companhias exóticas de dança que vagou pelo eixo Paris, Londres, Nova York, naqueles tempos.

Desconheço os pormenores das excursões latino-americanas dos Balés Russos. Sei que estiveram no Teatro Colón de Buenos Aires. Sei também que peregrinaram por São Paulo e pelo interior de São Paulo, com direito até ao sumiço de um vagão de trem com todos os cenários da temporada. Se a queda de Sarah Bernhardt no Rio de Janeiro tinha sido pouco, que se perdesse logo um vagão inteiro de trem, e logo o da companhia de Diaghilev. Provavelmente é dessas excursões de tempo de guerra que Mário de Andrade rememorou os Balés Russos em sua *Paulicéia desvairada*. Se não for, bastava a inspiração óbvia da celebridade de Nijinsky e de Karsavina, as duas estrelas maiores (e ao que dizem mais temperamentais) da dança do início do século.

Para que se tenha uma idéia dos modernismos dos Balés Russos, basta olhar a temporada de 1913. No dia 15 de maio estreou *Jeux*, a partitura mais hermética, mais avançada e, por isso, menos conhecida de Debussy. Tamara Karsavina e Vaslav Nijinsky no elenco. Treze dias depois, a estréia que passou para a história dos escândalos da arte moderna: a da *Sagração da primavera* de Igor Stravinsky, com coreografia "primitivista" de Nijinsky. Isto foi em 1913. Depois da Primeira Guerra, os Balés Russos ainda continuaram, inclusive cooptando os compositores que trabalhavam para a concorrência, os Balés Suecos de 1920-1924. Foi assim que surgiu *O trem azul*, com Jean Cocteau no roteiro, Picasso nos cenários, Coco Channel nos figurinos e Bronislava Nijinska na coreografia. Ah, e a música era de Darius Milhaud, que poucos anos antes havia sido apresentado ao churrasco gaúcho em Porto Alegre e, pelo que diz em sua autobiografia, parece ter gostado muito. É ou não é um catálogo de gênios modernos? São ou não são as "apoteoses das ilusões" de que nos fala Mário de Andrade no seu poema relembrado agora? Os Balés Russos duraram até 1929 e faleceram com a estréia de *O filho pródigo* de Prokofiev. Bem, mas àquela altura até o modernismo brasileiro já tinha se transformado em outra coisa – a *Paulicéia desvairada* ficara para trás.

Jogo de duplas

Johann Sebastian e João Gilberto

Johann Sebastian Bach, faz mais de 250 anos que morreu. Como acontece com compositores que viveram muito numa época em que se vivia pouco, o velho Bach passou boa parte da vida observando a sua música ser superada pela música dos outros, a começar pela música dos seus filhos. É o que tinha acontecido um pouco antes com Heinrich Schütz e aconteceria bem depois com Richard Strauss. Cada um deles viveu num período de tão rápidas modificações que uma vida só não bastaria para passar por todas elas. O velho Bach, fiel ao baixo-contínuo até o fim dos seus dias, viu coisas novas surgirem ao seu redor, coisas novas que ele não quis (ou não pôde) acompanhar. É verdade que sua derradeira obra, aquela compilação de movimentos de missa que hoje chamamos de *Missa em si menor*, é um catálogo de estilos que quase chega ao estilo galante, o cúmulo da modernidade naquela primeira metade do século XVIII. E por isso mesmo é uma obra atípica – como se o compositor, olhando fixamente para trás, se esforçasse para dizer que, se quisesse, poderia também olhar para a frente.

Bach foi mesmo um compositor fascinado pelo baixo-contínuo e pelo contraponto, invenções de séculos anteriores. Se Schütz viveu numa época de inovações e Strauss viveria num período de transição, o velho Bach viveu nas últimas décadas de uma era de petrificação, como se tudo que se tinha feito até aquele momento assumisse uma feição definitiva, mesmo que para ser abandonada logo em seguida. A cantata luterana, as fugas, a música para órgão com fins litúrgicos, os *concerti grossi*. Tudo chega à sua melhor fisionomia com Bach.

Só que ao mesmo tempo um novo hoje estava a ser criado: já se anunciava a sonata bitemática, o jogo dramático das variações de dinâmica, as longas melodias autônomas que, como pontes pênseis, se bastavam a si mesmas sem pilares harmônicos que as sustentassem a intervalos regulares. Fiel aos princípios aprendidos e praticados, o velho Bach continuou tecendo os seus contrapontos, sustentando o "Crucifixus" da *Missa em si menor* com um baixo-contínuo que, de tão arcaico, só pode estar ali para assumir uma função quase simbólica.

Ao fazer música do passado no presente, Johann Sebastian Bach se foi tornando imortal. Superado, mas imortal. Há vantagens em aferrar-se a princípios: a permanência da música de Bach está na sua atemporalidade. Hoje que se perdeu a noção do que era antigo e do que era novo no século XVIII, a música de Bach é só música antiga e assim está bem. Bach provavelmente ficará conosco até o fim dos tempos – é a medida da sua permanência. Mas não se diga que a sua música faça parte de uma prática presente e corrente de composição, a não ser que se esteja falando de um bom e útil exercício acadêmico de retrospecção. Ou seja, a música de Bach, como prática composicional, deixou de ter longevidade, que é sempre reflexo de uma prática contínua. Mas o melhor que se pode esperar de uma música é mesmo que tenha permanência; da longevidade pode-se abrir mão. Tê-las ao mesmo tempo, longevidade e permanência? Improvável.

Tudo isto me ocorreu enquanto meditava sobre os 250 anos da morte de Bach ouvindo a voz de João Gilberto, que, de tão escandalosamente brasileira, também se presta a reflexões. É que se parecem, os dois João, sólidos dinossauros de princípios inamovíveis e imunes ao que se faz ao seu redor. Como o velho Bach em meio ao tumulto musical de 1750, João Gilberto parece hoje uma serena voz de outro tempo. Algum contemporâneo de Bach que passasse os olhos pelo manuscrito da *Arte da Fuga* certamente poderia pensar que aquela obra não estaria mal se tivesse sido composta quarenta anos antes. Assim com o nosso João, que se mantém fiel ao que ele mesmo inventou há mais de quarenta anos, de tal forma que tanto faz se o seu hoje é hoje ou se já é ontem. Ter ouvido *Chega de saudade* então ou ouvir João agora, que diferença faz? A voz não deixou de ser marcada pelo tempo, é certo, mas o repertório de canções e de gestos é o de sempre, mesmo quando uma e outra diferença se intrometem aqui e ali. Tudo lembra que João Gilberto não pertenceu a um período inovador: ele foi a própria inovação.

Como no bem cantar a balada norte-americana, João Gilberto não "interpreta" a letra das canções que canta. O intérprete se anula diante da letra, deixa que ela fale por si. É o que separou João Gilberto dos cantores de antes dele. Mas no seu caso, também acontece de todas as músicas se tornarem iguais, dominadas por uma roupagem rítmica (dissecada até em dissertações acadêmicas!) e tímbrica (marcada pouco a pouco e cada vez mais pela ausência de qualquer outra coisa que não seja violão, respiração e voz). É assim que a diversidade de repertórios se torna irrelevante, ainda mais que esta identidade de gestos reencontra uma outra constância: a repetição interminável de estrofes (ou mesmo de canções inteiras), a prolongar assuntos já concluídos. Como nas óperas barrocas e suas intermináveis árias *da capo*: se lá um terço do que se ouve já foi ouvido antes, aqui a metade do que se está ouvindo também já se ouviu antes. É um truque para enganar o tempo, fingindo fazê-lo voltar atrás.

Diante de tamanha consistência de gestos, depois de uns minutos a mente do ouvinte se desliga do objeto e começa a divagar. A batida do violão nos leva adiante e nada mais importa: letra não há, voz é para quê?, repertório não importa, canção de tanto ouvir já se canta de memória. Mas uma breve dose de João Gilberto, por alguma razão misteriosa, vale uma vida inteira. Nem que seja para demonstrar que, em música, longevidade e permanência são coisas distintas. Como em Bach, João Gilberto há de ficar conosco até o fim dos tempos – é a medida de sua permanência. Mas não se diga, como também não se disse de contrapontos e fugas, que bossas-novas fazem parte da prática corrente e presente do que é musical. A sua longevidade se extinguiu como prática corrente e existe hoje como documento de época. É música antiga e está bem assim.

A longevidade biológica dos dois João ultrapassou sua longevidade musical. A sua permanência, esta é incontestável e ficará conosco como um recorte de um tempo que se abstraiu de sua contemporaneidade. Um João seguirá fazendo contrapontos que se haverão de renovar diante de quem nunca os ouviu mas se dispuser a ouvi-los. O outro João seguirá negando a necessidade da saudade, mesmo que a continue tornando real ao dar nova vida, no presente, a músicas do passado.

Noel Rosa e Gershwin

Não acredito que seja possível descrever o percurso da música dos últimos cem anos sem considerar a existência da música urbana. Antes, duas palavras de esclarecimento: "música urbana" é aquilo que chamamos mais freqüentemente de "música popular". Apenas que prefiro transferir a caracterização dessa música para o seu *locus* de produção do que identificá-la pela sua origem (que raramente é "popular") ou pela sua recepção (que raramente é tão irrestrita quanto pressupõe o termo "popular"). Depois: a dissociação entre música acadêmica (aquilo que chamamos mais freqüentemente de "música erudita") e música urbana tem sido feita mais por determinantes sociais do que por determinantes estéticas. De resto, esta dissociação resulta em distorções que ignoram tanto as polinizações mútuas quanto a contribuição das diversas partes estruturais específicas para a construção deste "todo" estruturalmente sólido que é a música destes últimos cem anos.

A música urbana tem uma manifestação principal que a define: a canção de três minutos, geralmente baseada numa estrutura melódica e harmônica que se estende por um número limitado de compassos, geralmente arranjados em múltiplos de quatro. A canção de três minutos não é invenção dos últimos cem anos. Mais foi dentro deles que ela se solidificou para se tornar uma manifestação social e cultural onipresente. Uma das duas características mais notáveis da canção de três minutos é que, se tudo nela for alterado, menos a melodia, ela ainda permanecerá íntegra e reconhecível. Outra característica notável é que na canção de três minutos está pressuposta a imbricação indissolúvel de letra e melodia. Assim, nem a melodia pode ser analisada apenas como música e nem a letra pode ser analisada apenas como poesia. Essa imbricação de melodia e letra ultrapassa a temática específica de determinada canção: ela descobre a própria cultura que contextualiza a canção e que, enfim, a originou.

Duas culturas onde a canção de três minutos tem sido central são a norte-americana e a brasileira. Em uma e em outra há paradigmas: compositores que solidificaram as bases da canção. George Gershwin e Noel Rosa, por exemplo, contemporâneos quase exatos em cronologia (um nasceu em 1898, o outro em 1910; ambos morreram em 1937). Gershwin precedeu Noel em poucos anos na produção de canções (suas primeiras canções permanentes são de 1922; as de Noel são de 1929). Mas em seus momentos de perfeição a produção de ambos coincidiu, numa década de 1930 que foi o primeiro apogeu da canção de três minutos na sua conformação "moderna", afastada de seus predecessores do music-hall, do lied e da modinha. Nem Noel nem Gershwin foram os primeiros a tentar essa escalada ao apogeu da canção, e nem foram os únicos. Mas ambos foram suficientemente essenciais em suas respectivas culturas para que a partir deles surjam algumas conclusões sobre a canção de três minutos.

Tomemos como exemplos duas canções, uma de Gershwin, outra de Noel. A comparação entre Gershwin e Noel pode parecer disparatada, mas mesmo assim dá uma boa medida do porquê de cada um deles ser crucial para a definição da canção urbana dos últimos cem anos como um modelo ao qual aderir ou – muito depois – um modelo do qual se afastar. Então: do que nos fala Gershwin (e Ira Gershwin, seu irmão letrista) em *Someone to watch over me* (1926)? Do que nos fala Noel Rosa em *Feitio de oração* (1933)? E, diga-se logo, do que "eles nos falam" significa não apenas um "falar" em termos de temática, mas também um "falar" em termos de organização de materiais musicais.

Someone to watch over me dos irmãos Gershwin (*Alguém que olhe por mim* – não há outra tradução possível para a expressão inglesa "watch over"!) é uma canção de desproteção, essencialmente feminina (e antifeminista), um lamento de uma mulher desconsolada que procura quem a ampare. Uma canção de desproteção, uma canção de amor sem objeto amoroso presentificado, canção individualizada e fechada no personagem que a canta. A organização formal desta canção não merece reparos. Há uma introdução (*verse*) para localizar o personagem e seus sentimentos e em seguida há a canção propriamente dita (*refrain*) com 32 compassos. Não há desvio na forma e não há desvio no tema. Tanto o personagem da canção está fechado em si mesmo e em seus anseios quanto a estrutura da canção adere firmemente a um modelo que deu suporte a milhares de canções semelhantes.

Feitio de oração (música de Vadico e letra de Noel) é também, a seu modo, uma canção de amor. Ou melhor, uma metacanção de amor (uma canção "diegética", diriam os especialistas da canção norte-americana), pois é uma canção que se sabe canção – "...por isso agora lá na Penha vou mandar minha morena pra cantar com satisfação e com harmonia esta triste melodia que é meu samba em feitio de oração...". E ao descrever a função de descarrego do samba ("...e quem suportar uma paixão sentirá que o samba então nasce no coração..."), a metacanção assume ares sociais, fomentando desde logo uma divisão entre o que se aprende academicamente e o que se aprende na vida "real": "Ninguém aprende samba no colégio". De um só golpe poético está feita a dissociação que vem indicando a existência (ilusória) de, pelo menos, duas músicas brasileiras:

a acadêmica e a urbana. Em termos de organização formal, *Feitio de oração* abre mão da introdução previsível em uma canção de Gershwin e vai direto ao assunto. São 24 compassos de canção, divididos em três grupos de oito compassos, numa forma simétrica que também forneceu a estrutura para milhares de canções como ela, até que o rock brasileiro dos anos 1980 se cansasse dela.

As origens das canções de Gershwin e de Noel são totalmente diversas. Uma vem do teatro imigrante judeu de Nova York, a outra nasce no botequim suburbano do Rio de Janeiro. Ambas, no entanto, convergem para um único e definitivo objetivo, quase sem querer, que é a solidificação dos modelos temáticos e musicais da canção de três minutos. Comparando as trajetórias paralelas de Gershwin e Noel, se chega ao específico dos seus respectivos modelos de canção, ampliados para as determinantes de suas respectivas culturas. Assim, a canção norte-americana resulta essencialmente amorosa, mesmo quando vai buscar no amor os seus aspectos mais angustiantes. Por sua vez, a canção brasileira é essencialmente social, mesmo quando fala do amor, pois consegue fazer do específico o geral, extravasando o indíviduo para as determinantes sociais que o moldam. Acredito que assim devemos entender George Gershwin e Noel Rosa. O modelo da canção norte-americana que se solidifica em Gershwin é o modelo que forneceu a base de um repertório que, uma vez considerado efêmero, adquiriu permanência indiscutível. O modelo da canção urbana brasileira que se solidifica em Noel Rosa é o modelo que permaneceu ecoando pelos cinqüenta anos seguintes, produzindo um repertório vasto e cuja posição é de absoluta centralidade na cultura social brasileira. Canções são assim. Minúsculas imbricações de música e letra que, quanto mais passa o tempo, mais adquirem ressonâncias musicais e sociais que em muito ultrapassam a sua modéstia e a sua despretensão.

Koellreutter e Guarnieri

Duas personalidades dominam o erudito brasileiro em música, da Semana de Arte Moderna de 1922 até meados do século XX: Mário de Andrade antes, Hans Joachim Koellreutter depois. Esquecer Villa-Lobos? Sim, pois Villa-Lobos é uma personalidade subjacente na história do erudito brasileiro daquele período. Ignorá-lo não é falsear as evidências. É, antes, reconhecer que a sua presença na cultura brasileira da época é tão disseminada que não é necessário citá-la. Podemos até deixá-la de lado por um momento, para ver melhor aquilo que se movimentou sobre ele, até mesmo fora de seu círculo de influência. É assim que encontramos Mário de Andrade em plenos anos 1920. É assim que encontramos Hans Joachim Koellreutter no final dos anos 1930. Villa-Lobos ali estava, em ambos os períodos. Mas a sua estatura havia sido adquirida em outros tempos, respirando outros ares; Koellreutter e Andrade nos revelam o que estava por acontecer.

A contribuição de Mário de Andrade naqueles anos heróicos do modernismo brasileiro da segunda metade dos anos 1920 veio sob a forma do seu *Ensaio sobre a música brasileira*. Embora sem objetivos normativos, o *Ensaio* contém as linhas de ação pela qual se pautaram Camargo Guarnieri e Francisco Mignone, os influentes compositores do modernismo musical nacionalista de primeira hora. Propondo uma música brasileira que tivesse "uma nacionalidade evolutiva e livre", descrevendo as características distintivas desta música, indicando caminhos locais a serem seguidos, o livro de Mário de Andrade se projeta numa frase deliciosa e que toca de perto qualquer discussão sobre Koellreutter: "Todo artista brasileiro que no momento atual fizer arte brasileira é um ser eficiente com valor humano. O que fizer arte internacional ou estrangeira, se não for gênio, é um inútil, um nulo. E é uma reverendíssima besta."

Na música centro-européia daqueles tempos, e da qual Koellreutter emerge para aportar no Brasil em 1937, os debates já haviam deixado de se ocupar do nacional em oposição ao cosmopolita mas ainda mostravam uma forte tendência polarizadora. Num mesmo ano, por exemplo, haviam surgido o dodecafonismo na música de Schoenberg e o neoclassicismo na música de Stravinsky, particularmente depois da estréia do seu Octeto. Corria o ano de 1923. De um lado, pois, havia a progressão do dodecafonismo, método de composição que reordenava as doze alturas da escala cromática para produzir uma música sem referências à harmonia tonal vigente até então. De outro, havia o retorno de Stravinsky às sonoridades pré-beethovenianas, como fica aparente na *Sonata para piano* de 1924. A polêmica entre um e outro se cristaliza numa obra coral satírica de Schoenberg: *Versatillidade*, cujo texto (do próprio Schoenberg) se refere a um certo compositor russo identificado como "o pequeno Modernsky" que toca tambor usando a peruca do "papai Bach".

Imerso neste antagonismo serialismo/neoclassicismo, Koellreutter chega ao Brasil para fomentar aqui a polêmica cosmopolita/nacionalismo – o erudito brasileiro em música nunca mais foi o mesmo. A potente influência externa de um músico estrangeiro que logo se pôs a desenvolver seminários sobre composição serial em pleno Rio de Janeiro tropical se fez sentir imediatamente, criando uma vertente alternativa ao protonacionalismo de Villa-Lobos e ao nacionalismo modernista pensado por Mário de Andrade. Em todos estes momentos iniciais de divisão de vertentes no erudito brasileiro em música, Koellreutter foi mola propulsora e presença constante nas revistas e nos diversos manifestos que ideologizaram aqueles instantes. Mais do que isso, ele se tornou rapidamente o mentor de toda uma geração de compositores, possibilitando que estes vislumbrassem soluções para a música brasileira que não necessariamente tivessem que aderir aos preceitos do nacionalismo ortodoxo. É um momento mágico na música brasileira. A um só tempo, o período é de inocência e de invenção, de experimentação e de descoberta. Os anos imediatamente posteriores à Segunda Guerra e ao final da ditadura Vargas são de efervescência e de reacomodação de forças estético-políticas.

A morte de Mário de Andrade, no entanto, iria propiciar uma nova acomodação de forças e, pouco depois, o período de descobertas sofreria, em sua inocência, um golpe contundente. Camargo Guarnieri, o compositor paulista que desde sempre foi o porta-voz do nacionalismo musical ortodoxo, colocando a serviço deste a sua técnica composicional de méritos excepcionais e indiscutíveis, fez publicar em dezembro de 1950 a sua "Carta aberta aos músicos e críticos do Brasil". A partir dela, e da resposta de Koellreutter publicada num jornal de Porto Alegre em 1951, cria-se uma divisão no meio musical brasileiro que, segundo o musicólogo José Maria Neves, opõe duas facções: "Os adeptos do nacionalismo e os defensores de liberdade criativa ilimitada".

Fortemente polarizado, o debate que então invadiu a música brasileira pós-1950 configura uma outra – e conturbada – história. A polêmica Guarnieri/Koellreutter lança sua sombra sobre a mesma década que vê o aparecimento da bossa nova, a morte de Villa-Lobos e a construção de Brasília, e demonstra que a ponte entre a música nacionalista de moldes getulistas e a música cosmopolita de moldes pré-juscelinistas foi construída nas discussões e nos debates. Esta ponte foi construída também pelos acenos que compositores que uma vez orbitaram em torno do Grupo Música Viva fizeram em direção à música nacionalista, emprestando a esta uma visão nova a partir da música "reinventada" por Koellreutter.

Sempre que se fala em Hans Joachim Koellreutter, há fatos e nomes que se repetem. Mas passada a época dos debates e das polêmicas, e com todas as idas e vindas geográficas até a sua definitiva reinstalação em São Paulo, Koellreutter veio assumindo o papel de mestre de gerações e mais gerações de compositores, e compositores das mais diferentes extrações. Tanto assim que, ao ser perguntado se o compositor A e o compositor B tinham estudado com ele, Koellreutter nos disse, numa conferência em Porto Alegre, que "hoje todos dizem que foram meus alunos".

Sempre que se fala em Camargo Guarnieri, há a pedra no caminho que é a Carta Aberta. Mas, já passado o calor dos debates, o próprio envelhecimento desse documento básico para a compreensão de muito da cultura brasileira foi permitindo entrever um Guarnieri possuidor de uma técnica composicional invejável e construtor de uma obra musical vasta e importante, embora ainda execrada em alguns meios acadêmicos brasileiros. Guarnieri deixou muitos herdeiros musicais, mas só conhecê-lo já é muito e basta. Embora não sejam os únicos pólos opostos (e opositores) daqueles anos mágicos, a partir de Koellreutter e de Guarnieri se ramifica toda uma história da música acadêmica brasileira que ainda está para ser contada e sistematizada. Na sua exuberância de polêmicas, é um assunto que serve tanto para teses acadêmicas quanto para romances e novelas.

Murilo Mendes e a discoteca

Eram outros tempos. Tempos em que se podia dizer "é assim" e assim era. Tempos em que a música acadêmica era discutida nos jornais como se fosse assunto cotidiano. Tempos em que o amador esclarecido podia deitar verdades inabaláveis sobre música, sem que o ressaibo da prepotência e do personalismo fosse sequer percebido na apreciação do seu julgamento. Tempos de Otto Maria Carpeaux e de Herbert Caro. E de Murilo Mendes, poeta transformado em músico nos seus escritos para o jornal carioca *A Manhã*, entre 1946 e 1947, recolhidos muito mais tarde num livrinho que é o seu testamento de opiniões musicais, *Formação de discoteca*.

Se Murilo Mendes não possui o humor corrosivo de Herbert Caro nos seus comentários sobre discos no Caderno de Sábado do *Correio do Povo* porto-alegrense dos anos 60, ele também dispensa o personalismo de Otto Maria Carpeaux que cometeu, em sua *Uma nova história da música*, mais pecados do que seriam permitidos ao falar de música. Murilo Mendes é o amador esclarecido na sua melhor encarnação. Amador no melhor sentido da palavra, esclarecido o quanto lhe permitiam os constrangimentos do tempo, onde não apenas as obras musicais chegavam aos pedaços ao Brasil, mas também onde as discussões estéticas e composicionais ficavam, na sua inteireza, na soleira da porta.

Tanto para Carpeaux e Caro quanto para Murilo Mendes a música foi mais do que um conhecimento acessório. Foi quase uma paixão. Os tempos indicavam (década de 40 para Murilo, década de 50 para Carpeaux, década de 60 para Caro) que mesmo sobre paixões se podia discorrer com ares de conhecimento enciclopédico. Para tanto, Carpeaux refugiou-se no dogmatismo. Caro tornou-se mestre das tiradas sarcásticas que davam sabor aos seus comentários e surpreendiam o leitor (como na inesquecível comparação entre um disco de trechos musicais e a janela de um açougue com suas carnes sanguinolentas).

Murilo Mendes, por sua vez, não necessitou nem de refúgio e nem de maestria. A sua visão de música (e de sua própria tarefa como comentarista de música) assume a feição do didatismo mais competente. Compositor a compositor, obra a obra, sugestão a sugestão, ele constrói para o leitor um quebra-cabeças que inicia em Palestrina e termina em Villa-Lobos. Assim fazendo, ele mostra um modelo que não foi seguido pelos jornalistas que vieram depois dele: o da música analisada pelo lado de quem ouve e não a partir dos pré-conceitos de quem escreve. As verdades indiscutíveis se tornam verdades temperadas pela praticidade e se colocam abertas ao debate, procurando – como ele diz – "uma síntese de bom gosto e de interesse geral". Murilo Mendes evita pontificar e revela, página a página, aquilo que lhe "parece". Como bom analista musical, ele arbitra: "Isto é o que se ouve". Mas como bom poeta, ele acrescenta: "...Ou pelo menos é isto que me parece...".

Ao tempo em que *Formação de discoteca* foi se formando, em doses quinzenais ou mensais, ainda estavam por acontecer duas revoluções dramáticas no território do som doméstico: a passagem do acetato para o vinil, com a invenção do disco de longa duração e a introdução da reprodução estereofônica. Todas as crônicas de Murilo Mendes devem ser entendidas dentro desta moldura. Por exemplo, sempre que ele conclui alguns de seus escritos com a fascinante frase "o cronista dirige-se à eletrola e faz passar os discos", deve-se entender que "eletrola" e "passar os discos" se referem ao auge da tecnologia disponível então: o toca-discos automático, liberando o ouvinte de levantar-se da poltrona para trocar os discos. Estes "passavam" uns sobre os outros, em pilhas sempre crescentes e de segurança cada vez mais precária. Não poucas vezes os acetatos, frágeis e incômodos, deixavam de sobreviver ao choque com outros acetatos que lhe caíssem por cima. O formato não era o melhor, sem dúvida. Além disso, fosse qual fosse o diâmetro dos discos (e havia os mais variados), cada um dos dois lados se esgotava em sete ou oito minutos. Obras de grande fôlego apresentadas completas eram quase impensáveis – e economicamente proibitivas.

Diante desta limitação do meio, o cânone de que nos fala Murilo Mendes está restrito aos picos mais vistosos de uma cadeia de montanhas que depois foi minuciosamente explorada pelas novas tecnologias. Ainda assim, é sempre bom lembrar o que Flávio Silva, no seu livro sobre Camargo Guarnieri, assinalou, ao comentar a "Carta aos músicos e críticos de música do Brasil" do compositor paulista: debates sobre os aspectos mais complexos da estética e da produção musical eram travados na imprensa, num esforço jornalístico que virtualmente desapareceu nas décadas seguintes e que, se sobrevive ainda, assume ares até de anomalia.

Nos momentos logo posteriores ao final da Segunda Grande Guerra, o debate sobre a modernidade estava na ordem do dia. A modernidade incluía também a retrospecção, como Murilo Mendes bem demonstra, retrocedendo a compositores obscuros ainda hoje (Schütz, por exemplo) para alicerçar uma discoteca que se "torne um instrumento harmonioso de cultura e não um simples passatempo para auxiliar a digestão".

Em 23 episódios, Murilo Mendes faz desfilar compositores e obras, envolvendo uns e outras em comentários pessoais que se poderia caracterizar propriamente como "humanistas".

É bem verdade que a sua escolha se prende ao que na época se considerava "música universal", com evidente má vontade com tudo aquilo que fosse do gosto popular ("conhecido", "célebre") e sem muita paciência com "ouvintes incautos" (em oposição a "ouvintes de boa vontade"). No entanto, o seu enfoque – descontados os deslizes devidos ao estilo e à época – é sempre revelador, surpreendendo em muitos casos pela minúcia e pela facilidade com que o poeta transcende a sua condição de amador esclarecido para se transformar, de poeta, em músico.

O melhor de tudo é a divisão que Murilo Mendes opera no repertório potencial de uma discoteca, opondo as audições íntimas ("contínuas", como ele as chama) à impossibilidade de fazer, nelas, audições de obras que "exigem contágio coletivo". Já nos anos 40, Murilo Mendes aponta para o perigo de se confundir o fetiche "gravação em disco" com o fato musical em si. Ele parece dizer que certas obras não se adaptam nem ao meio e nem à circunstância íntima. Esta diferenciação se perdeu nas décadas seguintes e é mais um denotativo da deliciosa datação que envolve *Formação de discoteca*.

Um músico não pode levar muito a sério *Formação de discoteca*, pois sabe que em música as coisas não são nem tão simples e nem tão lineares quanto Murilo Mendes nos faz supor. No entanto, esquecendo por um momento a atualidade dos conceitos e as ortodoxias de julgamento, não haverá quem não se deixe levar por um discurso literário elegante e que surpreende sempre pelo afeto com que Murilo Mendes trata as suas paixões, chamem-se elas Mozart, Prokofiev ou Manuel de Falla. Quando um amador se debruça sobre um tema que não é o seu, o desastre está sempre à espreita. No caso de Murilo Mendes, o desastre não ocorre por virtude de escolhas equilibradas e de opiniões de absoluta serenidade. Dataram-se os seus comentários, é certo, mas não o esforço do poeta em enfrentar o desafio da interdisciplinaridade, esta palavra em nome da qual tantos pecados se cometem.

Schoenberg e os não-vivos

É como a revolta no potinho de iogurte. No dia do vencimento há uma revolta nos potinhos e há que ter cuidado ao passar em frente à geladeira. Assim também acontece com os compositores não-vivos, que se não são celebrados aos seus 50, cem anos de não-vida, se revoltam no silêncio de sua música calada. O que dizer então do pobre Arnold Schoenberg, tão influente e tão dominante quando não-morto, que passou como miragem pelos seus 50 anos de não-vivo em 2001.

Houve quem lembrasse? Foram se passando os dias e também os meses e os anos, e nada. Ora, o que geralmente acontece nas efemérides dos compositores não-vivos? Um festival, no mínimo, se algo da sua música esteve inadvertidamente esquecido. Conferências acadêmicas, se o compositor for de renome. Selos comemorativos, quando se trata de caso de orgulho nacional. Arnold Schoenberg, que foi tudo isso, habilitou-se no entanto à silenciosa revolta dos compositores não-vivos, pois passaram longe dele as celebrações.

Houve um tempo em que Arnold Schoenberg julgou ter inventado uma solução para os problemas da música do início do século passado. Ele julgava – e afirmava – ter garantido a supremacia da música germânica por mais alguns bons séculos (pensava ele em Bach e também em Beethoven). Rigorosa e inflexível, a música dodecafônica sistematizada por ele (a "música dos doze sons relacionados apenas uns aos outros" – não tanto porque há doze sons na escala musical ocidental, mais porque Schoenberg tinha pavor ao número treze) foi dominante por vinte anos, com alguma sobrevida de alguns poucos anos, garantida por aqueles que se atreveram a flexibilizar as regras. Depois, caiu em desuso.

Que destino infeliz teve Arnold Schoenberg e, com ele, infeliz a sua música dodecafônica. Atolada em leis, não conseguiu mostrar a sua expressividade interna, aquela beleza que, ausente à primeira vista, termina por cativar aqueles que têm a paciência do ouvido atento. Eis a música de Schoenberg: menos dourada que as pinturas de Klimt, mais expressionista que os filmes de Murnau. Mas ela caiu no esquecimento, de onde terá que ser resgatada um dia. Por hoje, para Schoenberg, que fazia música para o presente, tudo é passado. Pierre Boulez disse "Schoenberg está morto", frase célebre para comemorar a morte do compositor. Sabia-se que a frase era verdadeira só em certo sentido, e esta era a sua ironia. O não-vivo sobrevivia em estética, e assim foi ainda por alguns anos. Mas em 2001 ninguém se atreveu a trombetear a morte do já esquecido. Em vez de homenagens, preferiu-se desafiar a revolta silenciosa do compositor que, morto, ainda olha para os lados e não vê nem sombra de sua própria música.

Nietzsche & Wagner

De uma carta de Cosima Wagner para Friedrich Nietzsche, em 5 de fevereiro de 1870: "...A peregrinação, que por sua causa houvemos de empreender pelos mais belos tempos da humanidade, deixou-nos uma impressão tão benéfica que ontem pela manhã o Mestre permitiu que o seu Siegfried fizesse soar o seu alegre tema pelo Reno, respondido pelas esperançosas Filhas do Reno que deixaram soar forte e claramente o seu motivo [musical]".

Naqueles dias, Richard Wagner estava colocando vários pontos finais em *O crepúsculo dos deuses*, a última parte da tetralogia de dramas líricos *O anel dos Nibelungos*. Chegando retrospectivamente ao início da obra, algo ficara a resolver. Faltava a junção entre o prólogo e o primeiro ato daquele drama lírico àquela altura já suficientemente longo. Animado por duas bem-nutridas passagens instrumentais (os interlúdios entre as duas cenas do prólogo e entre as duas cenas do primeiro ato), era duvidoso que o primeiro ato pudesse arcar com mais uma passagem puramente instrumental.

A visita de Nietzsche aos Wagner e as discussões sobre teatro empreendidas naqueles dias resolveram o problema: não apenas uma tal passagem era possível, mas também era indispensável que fosse a orquestra a levar o herói Siegfried de volta ao mundo dos humanos. Se os dramas líricos eram, para Wagner, "feitos musicais tornados visíveis", então essas passagens instrumentais se transformavam em necessários pontos de transição, na ausência da ação cênica ou da palavra, transportando o ouvinte de um lugar a outro na história do drama ou de uma atmosfera a outra na história dos personagens. Assim surgiu *A viagem de Siegfried pelo Reno*, início auspicioso de uma jornada trágica.

A carta de Cosima Wagner a Nietzsche é mais do que um agradecimento ou um reconhecimento pela ajuda dada num momento crucial da criação wagneriana: é um dos únicos registros da influência direta do filósofo sobre um ponto determinado de uma obra específica do compositor. Não se trata aqui da influência de pensamentos sobre pensamentos, mas sim da intervenção direta na construção daquela que é provavelmente a estrutura operística mais monumental do século XIX: o binário Prólogo/Primeiro Ato de *O crepúsculo dos deuses*, com suas mais de duas horas de música ininterruptas.

*

Do diário de Cosima Wagner, em 6 de fevereiro de 1883: "A noite transcorre em conversas descompromissadas; toca-se 'Arlequim, deves morrer' e o [regente Hermann] Levi conta-nos que Nietzsche recomendou a ele um 'jovem Mozart', na realidade um músico totalmente incompetente! Isto nos faz pensar! Finalmente, R[ichard] me diz que Nietzsche não tem idéias próprias, sangue próprio, tudo o que há dentro dele é sangue estrangeiro."

A uma semana da morte de Wagner, a morte em Veneza que vai assombrar o final do século XIX, os saraus dos Wagner seguiam tranqüilamente e Nietzsche é alvo, menos do que de críticas, de chacotas. O "músico totalmente incompetente" a quem Cosima se refere é Heinrich Köselitz, de pseudônimo Peter Gast, amanuense de Nietzsche e compositor ainda hoje absolutamente desconhecido. Peter Gast é o mesmo a quem Caetano Veloso, na canção homônima e com estranha percepção sobre o estado de Nietzsche no apagar da sanidade mental, chama de "hóspede do poeta sem morada" e de "rosa do crepúsculo de Veneza". À época, Nietzsche – compositor de algum mérito – estava de fato fixado em propagandear a música de Köselitz/Gast.

O processo que num espaço de pouco mais de dez anos transformou Nietzsche de inspirador em alvo de ridicularização nos círculos wagnerianos foi pormenorizado por Joachim Köhler em *Nietzsche e Wagner: lições de subjugação* e desconstruído por Jean-Jacques Nattiez em *Wagner andrógino*. E um dos lados da questão é descrito impecavelmente em *O caso Wagner* e *Nietzsche contra Wagner*, os escritos que, em 1888 e no limiar da loucura, Nietzsche reuniu à maneira de testamento de sua relação com Wagner. Na ausência dos escritos de Wagner que poderiam refletir a fertilização mútua entre o seu pensamento estético-ideológico-patológico e o do filósofo, o que temos são os textos de Nietzsche, com os seus prólogos e pós-escritos, complementados por apêndices que incluem a correspondência de Nietzsche com Peter Gast e que ajudam a compreender o que o filósofo assim falou.

Tanto *O caso Wagner* quanto *Nietzsche contra Wagner* têm sido vistos como último brilho de sanidade antes do mergulho na loucura ou como manifestação primeira de decadência mental. Quem melhor explica a razão e o caráter da escritura destes dois "panfletos" (como Nietzsche os chamava) é Roberto Calasso em *Os 49 degraus*: "Nietzsche fixa pela última vez os traços do ser que é seu antípoda. (...) Em nome da música, acusar a perversão do comediante que *se serve* da música, desenganar-se da fascinação suprema pela *décadence* – isto é *O caso Wagner.*" Para Calasso, Nietzsche havia reconhecido em Wagner o seu único antagonista, "conferindo-lhe assim a maior honra", opondo-se ao compositor "pela burla corrosiva, [pelo] confronto violento".

É impossível, hoje, recapturar a noção da posição central que Wagner e sua sombra ocuparam no final do século XIX ou recuperar o fato de que, à época dos escritos de Nietzsche agora traduzidos, a percepção pública da obra wagneriana ainda era incompleta, pela interdição de encenações de *Parsifal* fora de Bayreuth. Hoje, se conhece muito pouco do que Wagner escreveu em prosa, tendo-se perdido a percepção de que Wagner escreveu mais do que compôs. Sem esta percepção e sem o conhecimento da obra teórica wagneriana, não é possível avaliar com justeza o pensamento de Nietzsche naquele momento em que ele se voltou contra Wagner. Assim, *O caso Wagner* e *Nietzsche contra Wagner* colocam-se como elo fundamental na compreensão dos momentos finais de Nietzsche, apresentando uma visão necessariamente unilateral do que terá sido o final do século XIX e, nele, a centralidade de Wagner, cuja incrível permanência finalmente apagou-se sob os escombros da Berlim de 1945.

Verdi e seus poetas

A relação dos libretistas com Verdi nunca foi das mais tranqüilas. Em vez da igualdade, a tirania. Mesmo que o contato das palavras com a música buscasse perfeição e coincidência com a música, no percurso dos libretistas verdianos tudo se passou com mais assimetria. Verdi sabia exatamente do que necessitava – a situação dramática, o metro poético, até mesmo a palavra exata. Assim, se o libretista hesitava em apontar a solução certa – ou se por alguma razão o correio matinal deixava de passar pela casa de Verdi trazendo novas palavras –, o próprio compositor fabricava o texto, a música já era colocada de pronto e o assunto já era dado por encerrado. Não importavam as soluções brilhantes que o libretista pudesse encontrar mais tarde. Tarde demais: o andaime temporário já se transformara em estrutura definitiva. Mesmo assim, há um consenso: Arrigo Boito, o último e o melhor dos libretistas de Verdi, foi o único a quem o compositor obedeceu sem cobranças, confiando em quem era trinta anos mais jovem e tão compositor quanto ele.

Um dos fatos mais interessantes do encontro de palavra e música em Verdi aconteceu precisamente na quarta das parcerias com Arrigo Boito, em *Otello*, a penúltima ópera do compositor já septuagenário. O trabalho na nova ópera, começado há pouco, ia bem. Devagar e bem. Mas em março de 1884 vários jornais italianos publicaram uma conversa de Boito, entreouvida em mesa de restaurante, na qual o libretista observava que infelizmente não seria ele próprio a colocar em música as suas próprias palavras da versão operística do *Otello* de

Shakespeare, tão bom era o libreto. Verdi leu linhas e entrelinhas e se ofendeu. Propôs devolver o libreto a Boito e que ele mesmo o colocasse em música, se estava assim tão enamorado de seu próprio texto. Uma longa carta de Boito apela para o deixa-disso e tenta convencer o maestro de que, quem sabe, não fosse tudo um mal-entendido. Verdi aceitou as desculpas, mas em tom de lamento: "Tudo isso enregelou *Otello* e endureceu minha mão, ela que já tinha começado a escrever alguns compassos! O que haverá de acontecer agora? Sei lá!" Então: como recolocar a parceria em ação novamente? A solução veio na carta seguinte de Boito, no final de abril de 1884: atiçar a gula composicional de Verdi.

Nessa carta, Boito inclui o texto do "Credo" de Iago, o ponto que mais distancia *Otello* do modelo shakespeariano: "Creio em um Deus cruel que me criou à sua semelhança e cujo nome invoco em ira; da vileza de um germe ou de um átomo nasci vil; sou vil porque sou humano, sinto dentro de mim a lama original. Sim, essa é minha fé!" – e assim por diante. Diz Boito a Verdi: "Escrevi esse texto para meu próprio consolo e para minha satisfação pessoal, porque senti a necessidade. Interprete esta necessidade como quiser: algo infantil, sentimental, uma superstição. Não importa. E não me agradeça, nem sequer com um 'obrigado' (que essa página não merece), pois senão ficarei novamente em desconforto." Verdi responde: "Já que você não quer, não agradecerei. Mas direi 'bravo'. Esse Credo é belo: poderosíssimo e shakespeariano nos mínimos detalhes." E com o "Credo" de Iago a composição de *Otello* voltou ao ritmo normal. Lento e normal.

De toda essa história, a qual pode ser reconstruída com uma leitura atenta da correspondência entre Verdi e Boito, fica uma constatação: a de que a cena mais marcante do *Otello*, se é a que mais distante está de Shakespeare, é também a que redefine a vilania na ópera italiana do final do século XIX. O "Credo" de Iago nasceu do improviso, do acidente. Não havia em Shakespeare necessidade dramática para ele, mas havia em Boito a necessidade imperiosa de pedir desculpas a Verdi. Foi assim que o arco dramático de *Otello* foi redefinido em música, com o texto de Boito penetrando a ópera na versão final de 1887. Que oportunidades como esta terá perdido Wagner, ele que escrevia seus próprios libretos e que assim não terá tido a chance de se desentender com os poetas, dando a oportunidade para que um acontecimento fortuito pudesse despertar a genialidade dramática.

III

Variações

Diálogos em diagonal

Perguntaram-me dias atrás se existiria música surrealista. Na falta da resposta pronta, a pergunta ficou martelando. Procurei descobrir. Pode ser que tenha procurado mal, mas a resposta que encontrei é das mais evasivas: provavelmente não. Ou talvez sim. Não, se estivermos procurando alguma música que seja paralela, centímetro a centímetro, frase a frase, a alguma obra surrealista pictórica ou literária. Sim, se nos contentarmos com uma relação diagonal, por analogia. Por exemplo: *Lontano* de György Ligeti, obra orquestral das mais belas do pós-modernismo, é surrealista, se por "surrealista" entendermos a torção a que são submetidas as expectativas do ouvinte ao se confrontar com uma obra sinfônica da qual nenhum som sinfônico é extraído. Eis a relação diagonal. Eis a analogia. Mas analogias são sempre perigosas, por redutoras.

O certo é que as artes dialogam muito mal com a música quando procuram a sinonímia. Então a música é forçada a assumir um papel de subserviência, para que as outras artes se saiam bem. Quando a música pretende assumir a dianteira, as outras artes fogem dela como se do demo. As coisas melhoram quando o diálogo se dá na certeza de uma relação apenas diagonal. Isso pode ser o aquilo, aquilo pode ser o isso. Mas então desaparecem o simbolismo em Debussy, o expressionismo em Schoenberg, o neoplasticismo em Morton Feldman. Falando em Morton Feldman, talvez seja dele uma das provas eloqüentes de que a arquitetura é a que tem melhor dialogado com a música. Na música que Feldman fez para a Capela Rothko de Houston, um espaço feito da matéria ausente da pintura de

Mark Rothko, tudo deseja existir como paralelo à pintura. Assim como a pintura de Rothko foi feita para o muito mirar, a música de Feldman só se dá a conhecer numa audição profunda, quase hipnótica, de onde surgem formas e gestos quase inaudíveis. É sintomático que a música tenha de se tornar inaudível para mergulhar na arquitetura. E cá estamos de volta ao desequilíbrio das relações de sinonímia.

Vamos mais para trás, então, se queremos que a arquitetura seja a potente parceira da música. Pois não há o moteto pós-medieval e pré-renascentista *Nuper rosarum flores* de Guillaume Dufay? Uma celebração não apenas do domo com o qual Brunelleschi coroou Santa Maria dei Fiore em Florença mas uma transposição, em absoluto paralelismo, das proporções da igreja para as relações rítmicas da música? Só que aqui, ao contrário da Capela Rothko de Feldman, não é a música que transita pelo inaudível. São as relações espaciais que escapam ao ouvido desavisado, ocultas pelas relações rítmicas, drenando mais uma vez o paralelismo entre o visível e o audível.

Talvez só mesmo Iannis Xenakis e Le Corbusier tenham encontrado a chave da questão, em 1958, ao projetar para a Feira Mundial de Bruxelas o pavilhão da Philips, que coincide com o *Poema eletrônico* de Edgar Varèse, composto para a ocasião. Mas é que aí, como diz o título de um livro sobre o assunto, o espaço foi calculado em segundos, não em metros. Resta saber se a relação música/espaço que resultou daí é paralela ou diagonal. Parece paralela. Mas será possível que este seja o único exemplo de uma relação que se quer muito mais numerosa? Talvez então a questão seja mais preliminar. Antes de buscar a existência desta ou daquela música que seja a tradução sonora exata desta ou daquela arte, talvez seja necessário investigar se é da natureza das artes ter, com a música, uma relação de igual para igual.

O compositor Pestana

Nem bem ia terminando o primeiro ato de *Wonderful Town* e eu já ia lembrando do compositor Pestana, tudo por causa de Leonard Bernstein. É que calhou de eu assistir a uma versão"moderna" de *Wonderful Town*, o musical que Bernstein compôs em 1953. Orquestra no centro do palco, ação girando em torno dela, cenários, danças, canções. Enquanto a peça avançava, cada vez mais eu me surpreendia com a riqueza melódica das canções de Bernstein, o tratamento harmônico de sofisticação dissimulada, o casamento sem brigas da música com as letras de Betty Comden e Adolph Green. Tudo ali naquele teatro musical era felicidade e alegria, sem nenhuma sombra de questionamento, sem as autoflagelações do sarcasmo. Parecia ser mesmo o apogeu do entretenimento musical nova-iorquino. As canções me invadiam uma a uma, cutucando minha memória com esta ou aquela proximidade, mostrando que não era necessário procurar melhor exemplo da canção americana em qualquer outro lugar.

Vejam que Bernstein surgiu para o teatro musical nova-iorquino nos anos 1940, quando aquele era mar de peixe grande: os Cole Porter, os Kurt Weill, os Rodgers & Hammerstein, os Frank Loesser das enciclopédias de música. Leonard Bernstein surgiu com pretensões de fincar bandeira de igual para igual, sem grandes rebuliços mas também sem concessões. De 1944 a 1957, os seus quatro musicais "oficiais" ajudaram a solidificar o gênero e a estrutura da canção, daquelas que o Sinatra adorava cantar, logo antes do vendaval do rock'n'roll. *Wonderful Town* não inventou nada, mas as suas canções fluem com tamanha facilidade que logo lembrei de Verdi e de sua prodigalidade melódica, como se cada melodia desperdiçada desse lugar a mil outras que logo surgiam. Assim com Bernstein. Mas nem bem o primeiro ato de *Wonderful Town* terminava e já me ocorria a lembrança de outro personagem, menos concreto do que Verdi mas igualmente verdadeiro: o compositor Pestana de *Um homem célebre*, aquele conto tristíssimo de Machado de Assis.

O compositor Pestana compunha polcas. Polcas logo tocadas, assoviadas, dançadas pelo Rio de Janeiro inteiro. Nem bem amainava o sucesso de uma, já outra polca surgia, tal era a facilidade do compositor Pestana para a música sacolejante. As polcas recebiam do editor títulos absurdos e vendiam às centenas. Ia assim o sucesso do compositor Pestana. Mas ele, na realidade, era um infeliz. Noite após noite, se refugiava em sua sala de música, rodeado pelos ícones de seus compositores idolatrados, Bach, Beethoven, Haydn, Mozart. As noites eram passadas em claro, na caçada infrutífera à inspiração que lhe garantisse a composição de uma obra imortal como a dos grandes mestres, uma única obra que fosse. Mas nada! A cada noite insone, era uma nova polca que surgia, como que por magia. Nunca a obra imortal! O compositor Pestana morreu assim: célebre compositor de polcas dançáveis, infeliz caçador das obras imortais que nunca lhe chegaram às mãos. Já não consegui assistir ao segundo ato de *Wonderful Town* com a mesma tranqüilidade do primeiro. Em vez dos personagens nova-iorquinos, era o compositor Pestana que se apresentava ali no palco diante de mim. É que Leonard Bernstein foi bem um compositor Pestana.

Durante toda a vida, Bernstein caçou obras imortais que, a bem da verdade, também nunca lhe chegaram. Concertos, sinfonias, óperas, cantatas, música religiosa. Tudo isso ele compôs, deixando para trás, quase que com vergonha dos pecadilhos cometidos na juventude, os musicais da Broadway. A tudo que ele compôs o julgamento tem sido implacável. Música derivativa, Benjamin Britten aguado, mastigação de Gustav Mahler e Dmitri Shostakovich, com pitadas de americanismo idênticas às de Aaron Copland. Mas se ignorarmos a música "séria" que Bernstein desejou para si e examinarmos os seus musicais daqueles treze anos de ouro do segundo pós-guerra, é ali que encontraremos o Bernstein mais autêntico, se o queremos sem derivações nem mastigações. Em qualquer das análises musicológicas sobre os musicais da Broadway, destas muitas que agora vão por aí, veremos Bernstein sob a moldura dos maiores compositores daqueles anos em que Weill, Porter e Loesser foram grandes. Bernstein foi grande como eles. Por alguma razão social ou psicobiográfica, só ele não sabia disso. Ou talvez fosse dessas coisas que não se pode saber. Assim como Machado de Assis também não podia saber que, anos depois de *Um homem célebre*, o seu compositor Pestana existiria de fato.

Estréias

Li há pouco um artigo que falava das estréias, uma a uma, das sinfonias de Beethoven e da reação da crítica a cada uma delas. O artigo era algo assim como um ensaio de *Rezeptionsgeschichte*, nome alemão necessariamente complicado para um tipo de musicologia que vem a reboque da história das mentalidades. A proposta é estabelecer e julgar como determinada comunidade terá reagido a certa obra musical em um tempo específico através das reações críticas deixadas por escrito. As sensações, quais foram. O que foi dito. O que foi observado. A obra musical nos seus próprios dias, no momento mesmo em que se colocou diante de um público pela primeira vez, ainda longe do redemoinho das novas e mais novas mentalidades que viriam com suas provocações, seus questionamentos e suas alterações dos sentidos originais. A história da recepção.

O momento das sinfonias de Beethoven é muito apropriado para a história da recepção. É um momento em que o patrão deixou de ter o direito e a voz única da opinião. É a vez do crítico, que não tem caneta alguma para assinar o cheque do salário do compositor. Os laços entre compositor e reação se tornaram muito mais tênues, por certo menos salariais e, talvez por isso, menos vitais. Aplausos e vaias não vêm mais da corte; vêm de uma platéia que pagou pelo que está ouvindo, seja o que for. O compromisso de um compositor como Beethoven eram as "academias em seu próprio benefício", os longuíssimos concertos em que suas novas obras eram colocadas diante das platéias pagantes para o que desse e viesse. Se tudo desse certo, haveria sustento certo para as próximas semanas, quem sabe até para os próximos meses. Essas novas ligações alteraram dramaticamente as relações de poder e o poder das opiniões.

No seu tempo, Beethoven era novo. Esse truísmo guarda uma pergunta. Novo, sim. Mas quanto? Se a história da recepção busca revelar uma comunidade em torno de uma obra musical, nada mais adequado do que as críticas às estréias da *Quinta* e da *Nona Sinfonia*, especialmente essas duas. Diante da *Quinta Sinfonia*, lá nos idos de 1808, um crítico confessa seu despreparo: "Não posso dar nenhum juízo, pois novas obras precisam ser ouvidas várias vezes para que se consiga formar alguma opinião". Dezesseis anos depois tudo se repete com um dos críticos da *Nona Sinfonia*: "Após ouvir uma única vez esta imensa composição, pode-se não mais do que dizer que ali estivemos e ali ouvimos a obra. Discuti-la para iluminá-la se torna impossível para qualquer um que só tenha estado presente ao concerto." Não havia tecnologias sonoras, música virtual, nem rádio havia! Para conhecer uma obra mais a fundo, havia apenas as partituras, às vezes reduzidas para piano a quatro mãos, ao alcance de qualquer salão burguês. Os juízos de valor surgiam daí, mais do que da experiência de ouvir e reouvir as obras ao vivo. Só depois de examinar, lendo, o que o surpreendera ouvindo, o crítico se julgava apto a emitir um juízo de valor, na esperança de formular um raciocínio estético que tivesse lá certa relevância.

Modéstia do crítico? Creio que não. Foi coisa de momento. Pois a música de Beethoven é uma das primeiras que, ao se apresentar ao público, força o crítico a dizer, mesmo que com palavras rebuscadas: "Não entendi nada!". Foi para não pagar o preço de misturar alhos com bugalhos que certos críticos se recolheram a certa prudência, preferindo ler as partituras antes de voltar à palavra escrita, que tudo conserva e nada perdoa. Isso é o que nos conta a história da recepção. Houve um momento em que a música se separou de seu ouvinte e resolveu ensiná-lo a não ouvir desavisadamente. Os críticos concordaram, mesmo que houvesse uma ou outra voz dissidente. Por exemplo: "O próprio Beethoven concordaria que o Finale da *Nona Sinfonia* seria melhor se fosse mais conciso, mas o destino cruel roubou-lhe a habilidade de ouvir sua própria criação...". Certamente este crítico se esquecia de que a "forma mais concisa" já exisitia. Era a *Fantasia-Coral para piano, orquestra, solistas e coro*, que Beethoven tinha visto fracassar muitos anos antes. Uma peça, aliás, que nos faz duas gentilezas: não é apenas o Final da *Nona Sinfonia* que aparece ali em versão resumida, mas a *Fantasia-Coral* nos poupa do resto da sinfonia. Vamos direto ao final e, quando nos damos conta, já tudo terminou.

Músicas sem fim

A *Sinfonia inacabada* de Schubert não é, propriamente, inacabada. É verdade que lhe faltam movimentos para completar o formato da sinfonia clássica. Mas convenhamos: os movimentos que de fato existem são mais do que decentes. Mesmo assim, a *Inacabada* vem arrastando há séculos sua fama imerecida. Há exemplos bem melhores de obras interrompidas por força do destino. O melhor deles: o *Réquiem* de Mozart, envolto no mistério de um trabalho febril e marcado pela chegada da morte que silenciou a música. Torsos assim inacabados vagam pela história, autênticos fantasmas do pai de Hamlet, ansiando pela completude irrealizável. Quem se atreve a realizá-la corre o risco de que suas tentativas não ultrapassem a sensação da cola no vidro quebrado. Não fosse assim, e tantos compositores não teriam tentado completar o *Réquiem* de Mozart, a décima sinfonia de Beethoven, a décima sinfonia de Mahler (a maldição das décimas sinfonias...), na esperança de que, agora vai!, as costuras ficarão imperceptíveis.

Deixemos à conta do inevitável que uma obra seja interrompida pelo desaparecimento do compositor. O que dizer, no entanto, daquelas obras deixadas inconclusas pela incapacidade (ou falta de desejo) de ultrapassar algum precipício criativo mais profundo? Arnold Schoenberg foi o mestre desta discutível arte da incompletude, a qual está no seu oratório *A escada de Jacó* e também na ópera *Moisés e Arão*. São duas obras profundamente judaicas que Schoenberg deixou pelo caminho no momento em que a composição atingiu impasses religiosos intransponíveis. Para não enfrentar dogmas religiosos, Schoenberg preferiu deixar as obras como estavam, o oratório em meio a uma ruidosa cena coral, a ópera ao final de um segundo ato inconclusivo. Para o compositor havia tempo, o que faltara era a vontade de compor.

Bach também teve tempo de terminar *A arte da fuga*, seu tratado de contraponto em forma de música. Por muito tempo se pensou que essa tinha sido mesmo sua última obra. Muito depois, as evidências forenses revelaram outra história: o velho Bach tinha deixado seus contrapontos de lado para completar uma outra obra, a seu ver, mais duradoura: a *Missa em si menor*, caso bizarro de missa católica de compositor luterano. Essa foi, de fato, sua última obra. Com a inevitável mudança na cronologia bachiana, surgiu uma ironia inevitável. Terminada a missa, aí sim o tempo faltou a Bach. Era 1750 e a morte já chegava, mesmo antes do derradeiro contraponto.

Inesgotáveis na sua inventividade, há compositores que fabricam truques menos trágicos para driblar seus impasses musicais. O francês Pierre Boulez, por exemplo, é o campeão das "obras em andamento". Na sua música, tudo é construção. A forma final custa a chegar, se é que algum dia chega. A forma final do ciclo de canções *Pli selon pli*, por exemplo, demorou cinqüenta anos para superar versões intermediárias que já circulavam como se fossem definitivas. Outro compositor, György Ligeti, foi ainda mais engenhoso. Cada obra sua circulava primeiramente em partituras que reproduziam os seus manuscritos. Em Ligeti, isto significava que o compositor ainda não estava bem certo do que tinha feito. Foi assim com *Atmosferas*, obra maior do repertório sinfônico pós-moderno, foi assim também com o *Concerto para piano*. No momento em que essas partituras quase artesanais foram substituídas por pautas informatizadas, já se sabia: o compositor dera por encerrado o seu trabalho, transformando uma porção de dúvidas num arsenal de certezas.

Melhor fez o italiano Luciano Berio ao enfrentar as incompletudes dos outros. Quando se dispôs a enfrentar a enigmática cena final que Puccini não conseguiu completar na ópera *Turandot*, Berio abandonou qualquer esperança de psicografia e pendurou ali mesmo uma nova obra toda sua. Ainda mais invasiva é sua intervenção nos esboços da décima sinfonia de Schubert: ao redor dos cacos de um trabalho interrompido, Berio "grafitou" seu próprio delírio sinfônico. A obra assim terminada é reminiscente daquela igreja de Dresden destruída em 1945 e só agora reconstruída. Olhando-a de relance, parece a mesma igreja de sempre. Com mais atenção, no entanto, o olhar vai descobrindo entre as pedras de antes as pedras de agora, emprestando um novo fascínio àquela arquitetura. Compositores também têm desses fascínios: o conjunto da obra de um músico pode ter camadas ocultas que, se trazidas à luz, podem revelar riquezas surpreendentes.

Sabiás

A primavera de Porto Alegre é invadida por sabiás, esses pássaros com múltiplas personalidade: irritantes na madrugada, poéticos pela manhã, enfadonhos à tarde. Cada um deles com um canto bem definido que já rendeu muitas linhas de poesia boa e má. Há pouco descobri que há numa praça de Porto Alegre um sabiá que canta o início da fuga da *Bachianas Brasileiras nº 9* de Villa-Lobos, sem tirar nem pôr. Por julgar que devia ser alucinação minha, fui conferir a *Bachianas*. O tema da fuga sobe e desce. Sobe e desce. Sobe de novo para só então permitir as quebras de ritmo que infundem na música de Villa-Lobos uma brasilidade indefinível. Dias depois, voltei para conferir o sabiá da praça. Ainda estava lá, cantando um sobe-e-desce, sobe-e-desce inconfundível. A fuga da *Bachianas Brasileiras nº 9*, tal e qual! De tantas possibilidades, duas logo me ocorreram. Talvez o sabiá tivesse freqüentado algum curso de música e lá tivesse aprendido um pouco da música brasileira dos anos 40. Mas hoje se estuda e se toca tão pouco Villa-Lobos. Não seria lá que o sabiá ouviria alguma *Bachiana*. A outra possibilidade é bem mais plausível, embora (pelo menos que eu saiba) nunca tenha sido registrada: Villa-Lobos teria encontrado no Rio de Janeiro um sabiá com um canto tão específico quanto o do nosso sabiá e teria incorporado o seu seu sobe-e-desce tão ordenado à última das suas *Bachianas*.

Há muitos cantos de pássaros em Villa-Lobos. No *Choros nº 10*, por exemplo, que outro dia me surpreendi ouvindo e olhando constantemente pela janela para ter certeza de que os sons vinham da música e não da rua. Mas os pássaros em Villa-Lobos são sempre uma alegoria, uma abstração. Sabe-se que são pássaros, mas sem que haja neles uma precisão ornitológica. Teríamos que buscar esta precisão na música do francês Olivier Messiaen. Também nele o canto dos pássaros é uma abstração, mesmo em peças tão explícitas quanto *Pássaros exóticos* ou *Catálogo dos pássaros*. No entanto, sempre em algum momento da partitura aparecem os cantos dos pássaros tal como recolhidos da natureza, com definição da espécie, de quando e onde Messiaen os ouviu. Esta sistematização está ausente em Villa-Lobos e é por isso que os seus pássaros são alegóricos, uma evocação que se soma aos ingredientes da sua indefinível brasilidade. A apropriação do canto do sabiá por Villa-Lobos na fuga da *Bachianas Brasileiras nº 9*, se ocorreu, representaria algo diferente. Seria uma citação literal e precisa da natureza por um compositor que só chegou à individualidade ao imaginar o seu próprio folclore, a sua própria atmosfera, ao imaginar o seu próprio Brasil em música. São raríssimos os casos em que Villa-Lobos deixa de evocar a realidade para apenas reproduzi-la. O *Choros nº 1* é um desses casos, mas são ainda mais típicos casos como o do *Noneto* que, de subtítulo *Impressão rápida de todo o Brasil*, é isso mesmo: evocação pura.

Na sua insistência um tanto obcecada, o tema da fuga da *Bachianas Brasileiras nº 9* logo chama a atenção. É um tema excelente para elaborações polifônicas, como convém a uma fuga e aos ideais do neoclassicismo do século passado. Mas poderia ser mais, poderia ser a citação direta, embora não declarada, de algo da atmosfera sonora das cidades brasileiras que só o encontro fortuito com um sabiá especialmente insistente poderá ter revelado. A *Bachianas Brasileiras nº 9* é de 1945 e a música de Messiaen passa a sistematizar o canto dos pássaros somente a partir de 1953. A cronologia é significativa.

Na sua autobiografia, Messiaen reconhece Villa-Lobos como uma das suas principais influências, principalmente na utilização da orquestra sinfônica ("fazer tudo soar ao mesmo tempo, sempre"). Talvez a influência não se esgote aí. O sabiá de Porto Alegre pode fornecer uma outra conexão por via da *Bachianas Brasileiras nº 9* – os pássaros de Messiaen talvez estejam nele por memória direta de Villa-Lobos e das tantas peças que Messiaen terá escutado quando ainda se tocava a música de Villa-Lobos em Paris. Talvez só assim uma das derradeiras obras de Messiaen, *Dos cânions às estrelas*, tenha chegado à síntese desse assunto: tudo ali são só cantos de pássaros. E nada mais.

Cérebros à mesa

Estava lendo por esses dias o ensaio do musicólogo e pianista norte-americano Charles Rosen sobre a história da música. Rosen toma por mote a gigantesca história da música escrita pelo igualmente norte-americano e igualmente musicólogo Richard Taruskin, que de uma tacada escreveu quatro mil páginas para dar conta dos "comos" e dos "porquês" da música desses últimos mil anos. Fiquei a observar aqueles dois nomes ilustres dançando, um contra o outro, na minha frente. Se diria, em bom português: é briga de cachorro grande. Pois ambos são profundos pensadores da música, acima de qualquer suspeita, mas fãs ardorosos da boa polêmica. Um, Rosen, é cronista da música do século XIX. O outro, Taruskin, é biógrafo da música de Stravinsky. E enquanto corriam os incontáveis reparos que Rosen faz ao livro (em quatro volumes!) de Taruskin, fiquei cá a lembrar das visitas que ambos fizeram a Porto Alegre, cada um a seu tempo.

Charles Rosen veio primeiro, corria setembro de 1991. Já então o seu livro sobre formas-sonata tinha assumido o caráter de obra clássica. Quando chegou, Rosen tinha recém-formulado o conceito sobre o *kitsch* religioso dos compositores do século XIX, depois integrado ao seu livro *A geração romântica*, já publicado no Brasil. Rosen veio, foi solista de um concerto de Mozart com uma das nossas orquestras e completou a visita com uma série de conferências sobre assuntos diversos. O que mais surpreendeu a todos foi a memória infalível e o domínio sobre o repertório. Bastava ocorrer-lhe citar algum exemplo e ele corria ao piano e surgia a música, intacta e sem hesitações. Somente a *Terceira Sonata* de Pierre Boulez ele não se atreveu a enfrentar de memória e me pediu de empréstimo a partitura. Bastaram trinta segundos para que ele localizasse o que queria: um sinal em determinada página de determinado movimento. E se pôs a tocar esta e mais outras páginas dessa e de outras sonatas.

Richard Taruskin veio um pouco mais tarde, já em 2003, com suas credenciais de acadêmico todas no lugar. Mil páginas sobre a música de Stravinsky, divididas em dois volumes, e quatro mil páginas de uma história da música em vias de conclusão. Demos carta branca para que falasse do que quisesse e o quanto quisesse. Conhecíamos sua fama de polemista e o impacto quase aterrorizante que sua simples presença pode causar em qualquer sala de debates nas quais coloque os pés. Pois Taruskin veio e discorreu sobre um dos seus temas prediletos – o anti-semitismo em música, tomando Stravinsky como paradigma, destroçando compasso a compasso, linha a linha, a *Cantata* composta nos idos de 1954. Surpreendeu alguns. Escandalizou outros. Finda a conferência, passou o resto do tempo prestigiando concertos, falando com esse, falando com aquele, aspirando o ar da terra.

Até o momento das suas respectivas visitas, nem Rosen, nem Taruskin tinham vindo ao Brasil. Depois do vôo rasante por Porto Alegre, ambos voltaram para suas respectivas tarefas acadêmicas, Rosen em Chicago, Taruskin em Berkeley. Mas quem diria que em Porto Alegre (é verdade que com mais de dez anos de intervalo entre eles) os dois debatedores de hoje encontraram um território comum de admiração? Pois foi o que aconteceu, no território delimitado pelas mesas de refeição. Sim, porque Rosen tinha trocado uma visita à Itália para vir a Porto Alegre e, tão logo chegou, se preparou para conhecer tantas cantinas italianas quantas a cidade lhe colocasse no caminho. Naquele tempo, a cidade ainda tinha cantinas italianas a oferecer. Pois Rosen as visitou e se refestelou. Mais eclético, Taruskin se aventurou a desbravar gastronomias. Do restaurante de hotel à churrascaria, da casa de chá ao coquetel, viu de tudo, experimentou de tudo, gostou irrestritamente de tudo. A imagem inesquecível que guardo dele é deliciosamente trivial: a caminho do aeroporto, a maleta numa das mãos e na outra um par de docinhos caramelados, não querendo deixar para trás o prazer recém-descoberto. Soltou uma de suas hipérboles, daquelas só reservadas à música dos mestres: "Aqui há a melhor comida do mundo!".

Charles Rosen e Richard Taruskin vieram e se foram. Ficou, de um, a memória quente do rigor acadêmico. De outro, a lição da paixão desmedida pelos prazeres do dia-a-dia. Ficaram também autógrafos distribuídos por livros e confissões de contentamento por viagens das quais esperavam pouco. Vê-los agora, novamente mergulhados em debates e esgrimas de alto coturno, faz pensar que, depois do ardor dos debates conceituais, sempre há onde concordar. Foi assim com eles: os limites da mesa de jantar são vastos, acolhem a todos, revelando que até Porto Alegre pode ser, afinal, um improvável lugar de emoções raras.

Maldições

Outro dia falava-se do improvável que de repente acontece. Sinatra não vem ao Brasil... Pavarotti não vem a Porto Alegre... Como pensar que algum deles viesse pisar terras tropicais? E de repente vieram, cada um a seu modo, cada um a seu tempo, representando suas geografias musicais distintas. Foram mitos descomunais, esses Sinatra e Pavarotti que enfrentaram o Maracanã, um, o Beira-Rio, o outro. Nunca mais consegui ouvir *Una furtiva lacrima* de Donizetti, símbolo da ópera arqui-romântica, sem lembrar os ensaios de Pavarotti num Beira-Rio totalmente deserto, varrido por um vento frio e temporão, desses de levar por diante partituras, estantes e músicos. Por mais irreal que fosse ver o improvável acontecer, ainda mais irreal foi testemunhar o que se passou nos bastidores. O irreal era ali mesmo, momentos mágicos e maldições seculares diante de olhos e ouvidos.

É voz corrente que, para os teatreiros, não existe maldição maior do a que se esconde naquela peça de Shakespeare cujo título é um nome próprio que começa com a letra "M". Tanto assim que não convém dizer-lhe o nome, tratando-a apenas como "a peça escocesa". Não fosse isso e catástrofes inomináveis se abateriam sobre os elencos. Para os músicos, maldição semelhante pesa sobre *A força do destino* de Verdi. Ninguém que se atreva a encená-la ficará impune. Os acidentes mais imprevistos acontecem, se multiplicam as histórias de cantores derrotados pela maldição verdiana que, de onde vem, ninguém sabe. Julgando-se a salvo ao sul do Equador, Pavarotti fez programar para seu concerto porto-alegrense não apenas a abertura orquestral de *A força do destino*, mas também a ária de Macduff, da ópera que Verdi extraiu da "peça escocesa". Destemor imprevidente! Nem ao sul do mundo Shakespeare e Verdi deixam de conspirar do outro lado da morte.

Nem bem a orquestra ensaiava a abertura da ópera de Verdi, em preparação para o grande concerto do dia seguinte, e em determinado ponto estratégico da partitura (e é sempre o mesmo!) uma parte nada desprezível do cenário veio abaixo. Com simplicidade de cronômetro suíço, o cenário despencou aos comandos de Verdi, levando por diante música, ensaio, concentração. A esta altura, Pavarotti, no seu camarim inexpugnável a poucos metros de distância, julgou melhor agir, e sem demora. A ordem veio em seguida: que a abertura de *A força do destino* fosse retirada do programa, antes que a maldição do além redobrasse sua força. Por via das dúvidas, que se retirasse também a ária de Macduff. Não convinha correr o perigo de que funcionasse também a maldição dos teatreiros. Shakespeare e Verdi foram varridos do programa, substituídos por inócuas cançonetas italianas cujo melhor atributo é justamente o de afastar maldições.

Aconteceram também momentos mágicos nesta conturbada preparação de espetáculo. Lembremos que Roberto Carlos era o coadjuvante do concerto, contratado para cantar uma ou duas músicas em dueto com Pavarotti e mais algumas canções do seu próprio repertório, como *opening act* da atração maior. Era o tempo em que ninguém ousava se aproximar dele vestindo a cor marrom, um daqueles folclores que ninguém ousava desdizer. Do alto de suas superstições, Roberto Carlos esperou pacientemente a sua vez de entrar no palco para ensaiar mas, quando chegou a hora, Pavarotti desembestou a cantar, entusiasmado com a acústica do estádio vazio, com a potência da própria voz, com a variedade do repertório expurgado das maldições. A cada música terminada, Roberto Carlos entrava no palco. Imediatamente Pavarotti engatava mais uma ária, mais uma canção napolitana. E, meia-volta instantânea, Roberto Carlos se retirava do palco. Isso se repetiu várias vezes, sem o mínimo sinal de impaciência de parte a parte. Longe disso. A modéstia de Roberto Carlos foi absolutamente encantadora, na deferência ao astro de maior estatura internacional, ao visitante ilustre. Era com uma reverência que ele saía do palco a cada nova investida de Pavarotti, cedendo sua vez ao outro. Reverência sem a mínima sombra de ironia. Reverência reverente como convém aos grandes receber, como convém aos maiores proporcionar.

Um último momento mágico, capturado por quem teve a chance de estar ali perto na hora da verdade do concerto. Preparado para uma apresentação burocrática em mais um estádio de futebol em lugar remoto, Pavarotti entrou no palco para sua primeira música e logo seus passos se detiveram imperceptivelmente. Seus olhos se encheram de lágrimas diante do estádio superlotado, ávido para ouvi-lo. É bem assim: o sul do mundo não está imune às maldições musicais mas também sabe guardar emoções imprevistas mesmo para aqueles que fazem da distribuição de emoções uma profissão lucrativa e bem-sucedida.

Rir da ópera

Há mais de setenta anos, os Irmãos Marx produziram *Uma noite na ópera*, filme que satirizava a ópera e seus folclores. No entanto, o humor dos Irmãos Marx envelheceu muito e mal. Hoje, o filme parece glorificar o objeto satirizado, frustrando a expectativa por piadas impagáveis. Os dezoito minutos finais de *Uma noite na ópera* não bastam para confirmar o que sempre se leu, de que esta seria uma sátira implacável sobre a ópera. Não é assim, pois nada pode satirizar melhor a ópera do que a própria ópera. São tantas histórias, tantas anedotas de puro absurdo, tantos episódios reais e imaginados, vividos e sonhados, que se torna desnecessário o humor de outra época. A ópera se encarrega de alimentar seu próprio repertório de pequenos e grandes deslizes, sempre com irresistível pendor para o risível. Diz-se que a ferramenta indispensável para assistir a uma ópera é a suspensão da capacidade de descrer do que se vê. Quando acidentes acontecem, isso já não é possível. O esforço para sustentar o realismo é inútil diante da gargalhada iminente.

Tempo houve em que até o inofensivo Auditório Araújo Viana de Porto Alegre abrigava temporadas de ópera. Uma beleza a ópera ao ar livre, versão local da Arena de Verona ou da Ópera de Santa Fé. Mas no auditório porto-alegrense o azar estava sempre à espreita: nada havia de melhor, pensavam os diretores da época, do que aproveitar a ópera a céu aberto para esvaziar o zoológico de uma cidade próxima, povoando o palco de tigres, elefantes, camelos, cavalos, até hipopótamos se necessário. Muito isto aconteceu nas montagens da *Aida* de Verdi, e não raro os animais se recusavam a entrar em cena. Nessas situações, a Marcha Triunfal da *Aida* era repetida incansavelmente até que os elefantes desembestassem a marchar, as girafas se pusessem a desfilar, sempre deixando algum rastro malcheiroso como recordação de sua passagem pela cena lírica porto-alegrense.

Nesse mesmo Auditório Araújo Viana vi, certa feita, um tenor ensaiar gestos heróicos para salvar a mãe do calor da fogueira no terceiro ato do *Trovador* de Verdi. Aos berros de *Di quella pira* lhe foi fornecido um cavalo. Avantajado em diâmetro, muniu-se o tenor de todo o atletismo que lhe faltava e pulou sobre a montaria. Ai, que o pé errado pisara o estribo! Ai, se desconsolara o tenor, montado bravamente de frente para a cauda do cavalo, sem chances de salvar a mãe ou de escapar do ridículo. Acabou ali mesmo aquele *Trovador*. Quem acreditaria em herói tão desajeitado? Os acidentes do sublime se repetem e nem só aqui acontecem. Ao final de um *Ouro do Reno* de Wagner, no Metropolitan de Nova York, vi um personagem se aproximar das nuvens de mentira para dissipá-las com potente martelada, abrindo caminho para a entrada dos deuses no Valhala. Qual nada! À distância saltou-lhe da mão o martelo, diria Vicente Celestino. Martelo que, por peso e som, era também de mentira, feito de prosaico papelão.

Se pesquisarmos os anais da ópera, as histórias se multiplicam. Há cantoras. Um admirador de certa idade aproxima-se de Mary Garden, a primeira Mélisande de *Pélleas et Mélisande* de Debussy, e, deparando com um profundo decote, pergunta-lhe: "Diga-me, Madame, o que mantém o seu vestido no lugar?". Vem a resposta: "Meu senhor, a sua idade e a minha discrição". Há compositores e regentes. Numa de suas brigas com Toscanini, Puccini esqueceu-se de riscar o maestro da lista de presentes natalinos. Vai o telegrama: "PANETONE

ENVIADO POR ENGANO. PUCCINI." Vem a resposta: "PANETONE COMIDO POR ENGANO. TOSCANINI." Há tenores. Ao ver o cisne mecânico disparar em direção ao palco sem levá-lo junto, como de praxe no primeiro ato de *Lohengrin* de Wagner, Leo Slezak pergunta: "A que horas passa o próximo?". E há vinganças. Conta-se que, para acertar contas com uma soprano particularmente temperamental, contra-regras substituíram o colchão de ar por uma cama elástica. Deu-se assim que, pela primeira e única vez na história de *Tosca* de Puccini, Tosca atirou-se como de hábito do cenário mais alto mas, em vez de esborrachar-se fora de cena, foi impulsionada de volta ao palco uma, duas, três, muitas vezes, ora de ponta-cabeça, ora em variadas posições de ginástica olímpica. Parecia uma conjunção do Cirque du Soleil com a ópera, aquela soprano esbaldando-se na cama elástica. Concordemos: não há Irmãos Marx que façam justiça às fatalidades da vida real. Pois a ópera segue uma trilha muito estreita entre o absurdo e o sublime e o humor mais transcendente talvez só seja atingido nesses momentos em que o falso realismo cênico da lírica se esvai ao sopro do mais inacreditável *nonsense*.

A estética do inaudível

Então, Kurt Masur sinalizou para a sua Filarmônica de Nova York que iniciasse o prelúdio do *Tristão e Isolda* de Wagner (vi isto acontecer há poucos dias). A orquestra seguiu firme por uns poucos compassos. Uns trinta, se tanto. Depois, se desfez. A platéia nova-iorquina, normalmente tão ruidosa, tinha conseguido o que nem as autoridades da ex-Alemanha Oriental e nem um recente transplante de rim haviam conseguido: vencer Kurt Masur. Ele que, desalentado, baixara os braços, no inconfundível (e constrangedor) sinal de que havia interrompido regência, música, suspensão de descrédito, tudo. Quantos acessos de tosse, programas manuseados sem cuidado, celofanes amassados por mãos sôfregas! Voltando-se para a platéia, disse: "Estou tão feliz por estar de volta!". Aplausos e mais aplausos. Em seguida veio o discurso do mestre-escola paciente mas incisivo: que a platéia tentasse, ao menos tentasse, ouvir a música mais meditativa e mais silenciosa jamais composta em meditação e silêncio. Mais aplausos. E reinicia o prelúdio de *Tristão e Isolda*, agora com a platéia suspensa pelo fio frágil do silêncio obrigatório e da impossibilidade de sequer mover-se, nem que fosse para desenrolar a última balinha guardada no fundo do bolso. Tudo para não passar o vexame de ver novamente interrompida a música.

Mas desde quando existe este protocolo do silêncio? Em que momento a ruidosa platéia da ópera barroca francesa se transformou na platéia petrificada, verdadeiras estátuas da Ilha da Páscoa, dos dramas líricos wagnerianos? Mas é que Wagner conhecia bem o seu Beethoven, aquele que na *Nona Sinfonia* tinha inaugurado a estética do inaudível. Ali, em vez de soquear a platéia na boca do seu estômago coletivo (como na *Terceira Sinfonia*), Beethoven a surpreende pelo silêncio, pela sinfonia que inicia do nada (*ex-nihilo*, dizem os eruditos). Wagner, que não era de ser superado por ninguém, foi logo superando o mestre, foi logo construir um teatro onde tudo surgisse *ex-nihilo*: o som surgindo do silêncio, a cena vinda da escuridão. A estética do inaudível, do apenas visível. Deste ponto para os solos de bumbo das sinfonias de Mahler, mais sentidos do que ouvidos, foi um passo.

As platéias, no entanto, foram se encontrando cada vez mais na contramão do silêncio. Especialmente em cidades tensas, se tornou impraticável esquecer a proteção do ruído para se deixar cair no mais absoluto e respeitoso silêncio, como num passe de mágica. O protocolo do silêncio foi sendo abandonado e, com isto, a estética do inaudível foi perdendo a validade. Não há mais desconforto diante das harmonias wagnerianas; há desconforto em ter que as ouvir em silêncio. Assim como a música de vez em quando tem dado as suas escapadelas de neobarroquismo, também as platéias se viraram em neobarrocas, barulhentas e irrequietas. E Wagner? Passados os momentos de recolhimento do prelúdio e já chegando ao diálogo amoroso de Isolda e seu Tristão, tão perdidos um no outro mas tão verborrágicos e pouco físicos nas suas expressões de paixão, fica-se com a impressão de que nos dias que correm um tal mergulho amoroso, exclusivo e ensimesmado, é quase uma ofensa. E que talvez, no final das contas, a música de Wagner seja mesmo uma grande bobagem.

Protocolos

Nossas platéias acostumaram-se a unir o ato de aplaudir com o ato de levantar do assento. Perdeu-se todo o significado de deferência que o aplaudir em pé uma vez teve. Hoje o aplaudir em pé é compreendido erroneamente como tarefa obrigatória de qualquer platéia, mesmo diante das coisas mais imbecis, dos concertos mais idiotas, dos solistas mais incompetentes. Foi-se até aquele período intermediário no qual levantar do assento significava colocar-se a postos para correr à parada de ônibus mais próxima. Agora se trata de um protocolo de obrigação. Não é um erro só nosso. Também em Nova York, supostamente lugar de gente sofisticada, o fenônemo da mola no assento se repete com a mesma intensidade e com a mesma distribuição indiscriminada de reconhecimentos a quem quer que seja. Mesmo quando o que se ouviu não ultrapassou a inanição artística, não foi além da melancolia do esforço desperdiçado.

Outro dia o crítico Frank Rich do *The New York Times* cogitava, diante deste fenômeno, se ainda haveria algo que fizesse com que espectadores ficassem colados em seus assentos ao final da ação sem sair pulando diretamente para o aplauso em pé. Diz ele que encontrou: o musical *Assassinos* de Stephen Sondheim e John Weidman, recém-estreado. Para isso, no entanto, foi preciso que o musical terminasse com os atores apontando as suas armas para a platéia... e disparando. As platéias entusiasmam-se mas petrificam-se, aterrorizadas a ponto de não abandonarem seus assentos até que o último ator tenha sumido de vista. Não precisamos tal rigor ou tal literalidade, mas a verdade é que os critérios devem ser recuperados a partir do ponto em que se perderam nos protocolos palco/platéia. Pois se a reação ao final de cada espetáculo é sempre a mesma, então tudo é rigorosamente idêntico, não há parâmetros de comparação e crítica ou, pior, não há mais necessidade para a comparação e a crítica. E nenhum esforço vale a pena.

Numa sala de concertos, quando se aplaude alguma coisa de pé? O protocolo é claro: nunca. Sim, existem protocolos que nos unem a todos na intimidade de uma sala de concertos. Entre eles está a regra não-escrita que indica o aplauso em pé como algo totalmente diferente do aplauso sentado. Ora, o compositor lutou séculos a fio para ter sua música apreciada por platéias que se dignassem a sentar e vem agora este afã de levantar-se! É verdade que protocolos adaptam-se: num concerto de rock, por exemplo, é impensável assistir a alguma coisa que não seja na ponta dos pés, balançando os braços para o alto. Ninguém discute o porquê. A própria música indica, pede, exige. Na sala de concertos, o sentar-se é uma conquista árdua dos compositores e, como tal, deve ser respeitada. O aplaudir em pé está reservado para os momentos profundamente emocionantes em que algo tenha falado diretamente à boca do estômago. São raros, estes momentos. É por isso que o aplaudir em pé não deveria ser nunca um protocolo vazio, uma obrigação. Ele é uma deferência, uma fraternidade verdadeiramente beethoveniana estabelecida entre platéia e palco. (Há um estágio além do aplaudir em pé, mas prefiro deixá-lo de lado, por temer pela saúde do piso de nossos auditórios se também isto se tornasse prática contínua.)

E existem protocolos para músicos? Sim, e como! Para compositores, o limite é estabelecido muito simplemente, pois é recomendável evitar qualquer demanda técnica que ultrapasse instrumentos ou instrumentistas, causando-lhes dano físico. Há outros protocolos mais sutis, mas desses um bom professor de composição e a tradição acumulada haverão de dar conta. E para os instrumentistas, há protocolos? Há, e também em boa medida, visíveis e invisíveis, audíveis e inaudíveis. O limite inferior, no entanto, é facilmente estabelecido pelas simples regras da boa educação que valem para todos. Quando estas se quebram, instalam-se o desconforto e o caos. Como aconteceu com certa pianista que cá esteve para tocar Beethoven e começou destratando maestro e orquestra durante os ensaios, prosseguiu com seu mau humor auto-indulgente durante os concertos e ultrapassou a barreira invisível do palco para lançar olhares fulminantes até sobre espectadores que, coitados, queriam apenas desenrolar suas balinhas de menta. Neste caso, a falta de educação da pianista alcançou a histeria e nos deixou a todos cogitando se não seria caso para uma solução medicamentosa. E que fossem urgentes e fortes os medicamentos, antes que a pianista se atracasse a dentadas em algum músico desavisado.

Celulares

E se liberarem os aparelhos celulares nos aviões de carreira? Então, não bastasse a poluição de sons de baixa freqüência, virá também a poluição de alta freqüência. Pois é um fato ainda não provado cientificamente mas comprovado nas lidas diárias: fala-se mais forte ao celular, com mais vigor e volume. Às vezes, ao entreouvir sem nem querer conversas alheias, parece transparecer nos interloctures presentes e ocultos um certo prazer mórbido em expor sua vida privada à vista pública, qual revista de fotos em banca de jornal. No espaço fechado e, para muitos, angustiante dos aviões, a milhares de metros de distância da terra firme, o agudo das vozes sobressairá das nuvens, as conversas ficarão mais prementes, saberemos de nossos vizinhos muito mais do que jamais ousaríamos perguntar-lhes ao nível do mar. Algo assim nem chega a acontecer nas salas de concerto, mas é verdade que os toques celulares erroneamente chamados "polifônicos" podem causar desastres no fluir do pensamento do músico, a não ser que o próprio compositor tenha incorporado o celular à sua composição, o que já não é tão raro.

Tempo houve em que pedir silêncio aos aparelhos eletrônicos numa sala de concertos era caso excepcional e um pouco desconfortante, tanto era absurdo imaginar que alguém adentrasse ali com um aparelho ruidoso prestes a disparar seus alarmes. Lembro de um concerto de Leonard Bernstein com a Sinfônica de Chicago, ele regendo a *Sétima Sinfonia* de Shostakovich. A ocasião seria aproveitada para registrar a coisa toda para a Deutsche Grammophon, gravadora respeitabilíssima de então. Antes de tudo, no entanto, comparece um cidadão ao palco e solicita à platéia que desligue seus aparelhos de chamadas eletrônicas diante da iminência de uma gravação para a posteridade. Tamanho foi o desconforto do silêncio forçado que a partir daquele momento não se ouviu nem o inevitável reacomodamento de posições entre os movimentos daquela longa sinfonia. Todos restaram imóveis, petrificados, sob pena da danação eterna ou, pelo menos, da maldição da gravadora prestigiosa. O registro foi de fato lançado – lástima que lhe falte essa quota de sacrifício público, essa cristalização de silêncio, que enfim as extravagâncias de Bernstein nem deixam transparecer.

Diante da evolução do celular e da variedade de toques, campainhas e chamadas, algumas salas de concerto resolveram tomar medidas radicais. Dizem à boca pequena que o Carnegie Hall, onde não há músico que não queira tocar, instituiu uma regra rigorosa no seu alcance e definitiva na sua simplicidade. Se o seu celular disparar durante um concerto, prezado espectador, serão cinqüenta dólares de multa – e não queira se esconder: haverá sempre alguém vigiando. Se atender a chamada, mais uma multa e mais cinqüenta dólares. Minha falta de talento para a vida perigosa nunca me permitiu comprovar a veracidade desta informação de bastidores, mas imagino que seja isto o que se esconde por detrás dos recatados avisos em pé de página de programa solicitando o silenciamento dos aparelhos. Nestes casos existe, é claro, uma previsão para médicos que estejam aguardando chamadas urgentes, mas isto não vem ao caso. O fato é que a ameaça da multa por celulares desavisados faz de cada concerto um mistério. De quem será a vez de ter esquecido, ligado, o aparelho?

Tantas preocupações não impedem que vez por outra o impensável aconteça. Não deixa de ter certo fascínio ouvir o bizarro diálogo que se estabelece entre um prelúdio de Debussy tocado por Richard Goode ("o pianista dos pianistas") e o toque de um celular num auditório imenso e lotado de pessoas silenciosas. Debussy adquiriu então uma capa tecnológica que até aquele momento seria impensável. Há mais: talvez a ameaça da multa redobrada e o simples constrangimento tenham impedido que a chamada fosse atendida. Mas como há interlocutores impacientes, pouco depois o mesmo celular voltou a tocar com insistência, bem a tempo de acompanhar o raciocínio de Debussy (e de Richard Goode) até a barra dupla final do prelúdio que, assim, adquiriu uma coloração simbolista que nem o compositor em todo o seu simbolismo terá previsto.

Apresentações ao vivo são apresentações ao vivo; são território fértil para intromissões, criando a perspectiva de superposições assustadoras. É verdade: em tempos passados as intromissões eram mais ingênuas. Tosses ocasionais. Uma mudança ruidosa de lugar. O prosaico papelzinho de bala. Mudam os tempos, mudam as intromissões. Houve um musical na Broadway que, baseado nos filmes do Monthy Python, pede uma gentileza aos espectadores: deixem os celulares *ligados*. Presume-se que qualquer intromissão vinda da platéia será bem-vinda no clima farsesco da peça, tal e qual aquele compositor que incorpora o celular à sua peça musical. Eis o típico caso do abraço fraternal no inimigo. Acaba-se por reconhecer que os barulhos de hoje são outros e que, na sua inevitabilidade, eles exigem um acomodamento do silêncio. Este silêncio que, ao abrir-se a estas e aquelas intromissões, encaminha-se definitivamente para sua extinção.

Centenários

Já se foi metade da primeira década do século, mas não fiquemos ansiosos se ainda não há sinais evidentes de nova modernidade musical, nova contemporaneidade, essas coisas ainda mal definidas. Ora, também há cem anos ainda não existiam as composições que definiram modernidade em música. O *Pierrot lunaire* de Schoenberg ficou para 1912. A *Sagração da primavera* estreou só em 1913, mesmo ano das *Seis peças para orquestra* de Anton Webern. No Brasil ainda demoraria uns quinze anos para as primeiras obras de Villa-Lobos. Não se falava da canção popular que tem dado tanto personalismo à música brasileira. Os sinais de modernidade em música demoraram um pouco a chegar, à medida que o século passado ia avançando. 1905 era tempo dos ensaios de modernidade, nada mais: uma *Salomé* de Strauss aqui, um *O mar* de Debussy ali. Acolá uma que outra sinfonia de Mahler com seus exageros e sentimentalismos, um Schoenberg ainda enredado no gigantismo sinfônico de *Pélleas e Mélisande*. Era isso o que se ouvia de novo e as verdadeiras novidades (descobriu-se depois) ainda não eram bem aquelas.

Exageremos. Voltemos a trezentos anos atrás. Olhamos para os lados, abrimos os ouvidos. Modernidade barroca ainda não! Faltavam dois anos para a estréia, em ambiente privadíssimo e seletíssimo, do *Orfeu* de Claudio Monteverdi, marca maior e definitiva da ruptura da música com a Igreja, da ruptura da música com a polifonia, início do longo e demorado *affair* amoroso da música com o teatro. A estréia do *Orfeu* em 1607 está bem documentada e fica-se a pensar como foi possível que uma peça musical privada tivesse ressonância tão ampla e duradoura. E já que estamos falando em música barroca, quem sabe um breve desvio por 1705? Inútil. Pois a modernidade setecentista ainda dormia: nem Vivaldi tinha escrito o *L'estro armonico*, fundamento da música instrumental autônoma, e nem Bach tinha escrito *A paixão segundo São Mateus*, compêndio de religiosidade luterana que é ao mesmo tempo luz para o futuro e olhar sobre o passado.

Evitemos viagens mais longínquas. A tentação é grande, mas não há por que procurar centenários, bicentenários, tricentenários retrospectivos se encontraremos sempre a mesma indecisão de início de século, a mesma indefinição de caminhos, uma idêntica gravidez de idéias ainda em formaçao. De resto, apenas duas dessas viagens longínquas valeriam a pena. Uma seria 1505 (o Brasil já existia para os portugueses): a imprensa musical tinha recém nascido, ainda era incipiente mas já deflagrava o abandono definitivo da música manuscrita e de circulação limitada. A modernidade renascentista estava em ação ali mesmo, naquele momento preciso. E, do manuscrito à imprensa, o compositor produzia missas e motetos como quem produz os filmes de sucesso de hoje. Uma outra viagem bem-sucedida seria a 1805, a família real portuguesa já começando mesmo a pensar se não seria inevitável cruzar o Atlântico para as terras distantes do além-mar.

Não só Napoleão Bonaparte estava na crista da onda em 1805. O outro napoleão, Ludwig van Beethoven, acabava de escapar da área de influência da música ao seu redor para empreender vôos solitários e nem muito bem compreendidos pelos que se dispunham a ouvi-los. Àquela altura, Beethoven já tinha feito estrear um correr de obras antológicas, principalmente a terceira sinfonia, a *Sinfonia heróica para celebrar a memória de um grande homem*. De todos os anos "05" de qualquer século em música, o ano 1805 terá sido o mais espetacular, o mais desbravador, o mais transgressor na negação de modelos aprendidos e na abertura inegável de caminhos (atalhos? estradas?) insuspeitados. Podemos nos surpreender à vontade, mas a verdadeira modernidade dos desafios enfrentados ocorreu em 1805. Era século XIX. E era moderno.

Neste meio de década fico a perguntar se já anda por aí uma nova transgressão, uma ruptura definitiva, que daqui a cem anos marcará para os de então o começo do século XXI em música. Será que ainda não nos demos conta de que a modernidade do hoje já está à nossa volta? Tudo aparenta ter o sabor da continuidade, da herança do século passado, sem que isso seja necessariamente péssimo. Só a vantagem do retrospecto talvez possibilite esse olhar para trás, vendo mais claramente o que está mais longe. Mas vamos deixar as obviedades de lado. Talvez sejam só esses momentos finais dos meados da década que despertem essa nostalgia do passado, uma vontade de saber mais do que sabemos, um desejo irrealizável de prever o presente.

Memórias do pierrô lunar

Foi antes de terminar a nossa temporada do *Quarteto para o fim dos tempos* de Olivier Messiaen que Claudia, Karen, Chris e eu resolvemos enfrentar o *Pierrot lunaire* de Arnold Schoenberg. Era fevereiro, mês do frio e branco inverno de Illinois, Estados Unidos, final da década de 1980. A nossa história com o *Quarteto* é interessante, mas o seu lugar não é aqui. É que mais do que em Messiaen, tocar *Pierrot lunaire*, colocar de pé esta peça complexa composta há tantas décadas, foi uma aventura que pouco se assemelhava a qualquer outra coisa que eu tivesse feito antes em minha carreira de pianista.

Há alguns meses tocávamos juntos: violino a Claudia Watson, violoncelo a Karen Krummel, clarinete o Chris Bade, e piano eu. De tão tranqüilo e tão sem tensões o nosso entrosamento musical, chegamos à conclusão de que se tivéssemos um flautista e uma vocalista, poderíamos tentar um desafio maior que o *Quarteto* de Messiaen: o *Pierrot lunaire* de Schoenberg, a versão musical de três vezes sete poemas de Albert Giraud na tradução alemã de Otto Erich Hartleben. Encontrar os dois outros músicos foi fácil – meses antes tínhamos tocado *Nove maneiras de descrever a chuva* de Hanns Eisler, em que Lesley Oslen, uma flautista, nos surpreendera com o seu sopro de vendaval. E Jacqui Bobak, que cantava minhas canções hebraicas para voz, clarinete e piano, aceitou sem hesitação o desafio de corporificar os 21 disfarces de pierrô. Talvez para ela ficasse a tarefa mais difícil, a de dar forma ao *Sprechgesang*, a peculiaridade de tratamento vocal nunca bem resolvida mas que dá individualidade à peça; através dela Schoenberg indica que os poemas de Giraud/Hartleben não devem ser puramente recitados e tampouco puramente cantados.

Chamados os novos companheiros, chegou a hora de partir para o trabalho sério: enfrentar a partitura. Sempre achei *Pierrot lunaire* uma obra respeitável, mas um pouco maçante. Antes de tudo o texto, por simbolista, sempre serviu como um entrave à minha entrega à peça. E foi justamente para facilitar a compreensibilidade do texto que tomamos a decisão de fazer *Pierrot lunaire* em inglês, idioma da maioria absoluta das nossas possíveis platéias. A decisão foi logo rebatida por uns, apoiada por outros, com graus semelhantes de passionalismo. Dr. Alexander Ringer, meu mentor musical nos Estados Unidos, ameaçou inclusive não presenciar nenhuma das nossas apresentações, em protesto pelo texto em inglês. Segundo ele, Schoenberg tinha construído sua música em função das palavras em alemão; desta maneira o texto em qualquer outro idioma esvaziaria boa parte do impacto da peça (o dr. Ringer acabou comparecendo a uma das nossas apresentações, já que tinha gostado de nossa interpretação do *Quarteto para o fim do tempo*. Mas não deu o braço a torcer: continuou desgostando da decisão de interpretar o *Pierrot lunaire* no vernáculo. Fico a pensar o que não teria dito se tivesse conhecido a versão em português de Augusto de Campos...).

Mas enfim, seguindo os argumentos de Ringer (ditos com severa tranqüilidade, como se estivéssemos perpetrando uma travessura infantil), Lesley e Jacqui se colocaram a campo: munidas do texto original e de todas as traduções disponíveis, partiram para uma tradução em inglês que conservasse, tanto quanto possível, o valor fonético do texto original. Não que o sentido das palavras continuasse inflexivelmente o mesmo: até na tradução de Hartleben muitos dos poemas resultam em nada mais do que improvisações livres sobre os motes fornecidos pelo texto original em francês. Esta foi a nossa primeira tarefa: encontrar um novo texto para *Pierrot lunaire* que não traísse ninguém – nem o poeta, nem o compositor, nem os intérpretes, nem o público, e muito menos nosso mentor musical. Enquanto esta tarefa começava a ser deslindada, outra mais árdua se preparava: tocar a própria peça. Desta vez, minha reação ao *Pierrot lunaire* foi de intenso interesse: eu estava tendo a chance de ver "por dentro" um dos alicerces do modernismo do século XX, um alicerce que sempre se tinha esvanecido quando dele eu tinha tentado me aproximar. Esta seria também a chance de testar minha capacidade como pianista de música contemporânea, àquela altura já bem exercitada na música de Webern, Nancarrow e Martland, mas ainda não aplicada à difícil e pouco idiomática escrita de Schoenberg para piano. É que Schoenberg não era pianista e muitas vezes a sua música obriga o intérprete a gestos até bem atléticos para resolver dificuldades técnicas praticamente intransponíveis.

Ao tentar tocar a música pela primeira vez, minha reação foi de incredulidade quanto à imensa quantidade de notas na pauta. Mas o choque foi só momentâneo: ao serem distribuídas as partituras (alugadas a peso de ouro, pois ainda vigoravam os pesados direitos autorais sobre a obra), eu tinha recebido por engano a do regente, com todos os instrumentos escritos como se para piano. Resolvido o equívoco, recebi a partitura que me cabia, aí sim com o número de notas já reduzido a um nível aceitável aos meus dez dedos, e lá fui-me estudar. E que irritação! Durante alguns bons dias estive permanentemente agastado por não conseguir resolver os problemas técnicos da partitura. Os problemas eram de dedo, mesmo. Musicalmente, as coisas se resolviam bem.

Enquanto isso, já iniciavam os ensaios de grupo. Logo descobri que todos nós estávamos passando pela mesma irritação, cada um a seu modo. Chris, por exemplo, tinha que se transformar em trapezista, tocando alternadamente três tipos de clarinete. Claudia também era obrigada a ser um pouco esquizofrênica, tocando ora violino, ora viola. E, para desgosto dela, alguns vários compassos não eram idiomáticos para violino, tanto quanto alguns vários dos meus compassos não eram idiomáticos para piano. Para mim, parece que todos os problemas se concentravam numa única página: a fatídica página 44, o início de "Die Kreuze" ("As cruzes"), o poema nº 14. Não havia como tocar nem aceitavelmente esta dezena de compassos cheia de trinados, fusas, acordes. Dei-me por vencido. Dali para a frente, só se alguém me ajudasse. Pela primeira vez depois de muitos anos, saí à procura de um professor de piano que me mostrasse o caminho para realizar Schoenberg.

A primeira ajuda que procurei foi a de Edward Steuerman, primeiro pianista de *Pierrot lunaire*, através de sua partitura de trabalho que eu sabia estar sob a guarda do Arnold Schoenberg Institute, então ainda sediado em Los Angeles. Novamente o dr. Ringer intercedeu por mim e em poucos dias as partituras estavam em minhas mãos. Nem bem abri o envelope, desilusão completa: em vez de todas as indicações, dedilhados, conselhos, que eu esperava encontrar, como mensagens além-túmulo de Steuerman, encontrei absolutamente nada. Era uma partitura limpa, como se recém tivesse saído do prelo. Assim, minha busca teve de continuar. Eu sabia que alguém que me ajudasse tinha de estar intimamente ligado à música de Brahms, pois foi dela que saiu a escrita para piano de Schoenberg. E assim cheguei a Lydia Artimiw, norte-americana recém-saída de um estúdio londrino onde tinha registrado as Variações de Brahms sobre um tema de Händel. Em alguns poucos encontros, ela me mostrou duas coisas: como readquirir confiança em mim mesmo, sem me deixar desencorajar pelas armadilhas do pierrô Schoenberg, e os macetes que poderiam ser utilizados para obter mais facilmente os efeitos pianísticos daquela dramática página 44.

A mesma dificuldade que senti na parte de piano, todos nós sentimos quando em grupo – e também nós resolvemos buscar ajuda. E assim trouxemos William Brooks, regente, compositor, professor nosso, para a confraria, para que servisse de ensaiador e conselheiro técnico, psicológico e artístico de nossa empreitada. Tanta foi a sua ajuda que ele terminou se transformando em um de nós, os lunáticos schoenberguianos. Foi ele quem regeu nossos ensaios, no intuito de fazer com que compreendêssemos, através dos seus gestos, a dinâmica rítmica da peça. Foi ele também que, como opinador esperto e com uma visão global de todos os instrumentos, chamou a atenção de cada um de nós para os detalhes que até então ainda não tínhamos encontrado por nós mesmos em nossas respectivas pautas.

Cercados de toda essa proteção, nossas irritações foram se transformando em puro prazer de descoberta – descobrir finalmente o que é *Pierrot lunaire* (nada mais do que um *divertissement* do cabaré literário germânico do início do século que o tempo se encarregou de sacralizar) e por sabermo-nos capazes de resolver todos os problemas musicais propostos por ele (mesmo o cânon demoníaco de "Der Mondfleck", o nº 18). Foram mais de 45 ensaios em menos de três meses de trabalho, às vezes horas e horas seguidas em que se perdia a noção do cansaço. Como tínhamos previsto, na primeira semana de maio, em plena primavera, entramos em temporada; enfrentamos o palco, lá onde a hora da verdade do músico se apresenta sem rodeios. Emprestamos vida ao "pálidos dândi de Bérgamo que faz mil grotescas dissonâncias numa viola".

A partir dali, não se falou mais de monotonia ou de peça maçante. Pela primeira vez tive bem a consciência de que não há como conhecer integralmente uma obra musical senão tocando-a e, mais do que isso, recriando-a a cada minuto como se nós mesmos fôssemos o compositor. Jamais pensei que Schoenberg, tantas vezes acusado de árido, anguloso, frio, pudesse levar seus intérpretes a um tal nível de empatia emocional com uma de suas obras. E, para mim, acostumado a chegar a Schoenberg através de Boulez, não foi pequena a surpresa de descobrir que o melhor caminho é mesmo buscar o Brahms que se oculta em Schoenberg. Esta aventura inesquecível ainda agora me faz lembrar as palavras de Adorno, que novamente ressoam como verdade: "A afirmação de que as obras mestras da música moderna são mais cerebrais e têm menos caráter sensível que as tradicionais representa uma projeção da incapacidade de compreender".